美绘经典系列

茶馆·柳家大院

老舍 著
杜斌 绘

我走，极慢的，她送我到帘外，眼上蒙了一层露水。我走到二门，回了回头，她已赶到海棠花下。我像一个羽毛似的飘荡出去。

吉林美术出版社 | 全国百佳图书出版单位

茶馆	006
序幕	007
第一幕	010
第二幕	027
第三幕	051
附录	081

断魂枪	084
微神	094
柳家大院	109
我这一辈子	122
老字号	182

哲人的智慧,加上孩子的天真,或者就能成个好作家了。——老舍

内 容 简 介

《茶馆》是老舍先生创作的名著之一。剧中故事全部发生在北京城一个茶馆里,茶馆里人来人往,汇聚了各色人物、三教九流,一个大茶馆就是一个小社会。老舍先生抓住了这个场景的特点,将半个世纪的时间跨度,五十七个主、次人物形象高度浓缩在茶馆之中,展现了清末戊戌变法失败后、民国初年北洋军阀割据时期、国民党政权覆灭前夕三个时代的生活场景,概括了中国社会各阶层、数个势力的尖锐对立和冲突,揭示了半封建、半殖民地中国的历史命运;此剧亦是北京人民艺术剧院的经典剧目,中国话剧的一座里程碑,享誉海外,后多次被改编为同名电影、电视连续剧。

Tea House & Liu Family Courtyard

茶馆

老舍

序　幕

人　物　表

王利发——男。最初与我们见面，他才二十多岁。因父亲早死，他很年轻就作了裕泰茶馆的掌柜。精明、有些自私，而心眼不坏。

唐铁嘴——男。三十来岁。相面为生，吸鸦片。

松二爷——男。三十来岁。胆小而爱说话。

常四爷——男。三十来岁。松二爷的好友，都是裕泰的主顾。正直，体格好。

李　三——男。三十多岁。裕泰的跑堂的。勤恳，心眼好。

二德子——男。二十多岁。善扑营当差。

马五爷——男。三十多岁。吃洋教的小恶霸。

刘麻子——男。三十来岁。说媒拉纤，心狠意毒。

康　六——男。四十岁。京郊贫农。

黄胖子——男。四十多岁。流氓头子。

秦仲义——男。王掌柜的房东。在第一幕里二十多岁。阔少，后来成了维新的资本家。

老　人——男。八十二岁。无倚无靠。

乡　妇——女。三十多岁。穷得出卖小女儿。

小　妞——女。十岁。乡妇的女儿。

庞太监——男。四十岁。发财之后，想娶老婆。

小牛儿——男。十多岁。庞太监的书童。

宋恩子——男。二十多岁。老式特务。

吴祥子——男。二十多岁。宋恩子的同事。

康顺子——女。在第一幕中十五岁。康六的女儿。被卖给庞太监为妻。
王淑芬——女。四十来岁。王利发掌柜的妻。比丈夫更公平正直些。
巡　警——男。二十多岁。
报　童——男。十六岁。
康大力——男。十二岁。庞太监买来的义子，后与康顺子相依为命。
老　林——男。三十多岁。逃兵。
老　陈——男。三十岁。逃兵。老林的把弟。
崔久峰——男。四十多岁。作过国会议员，后来修道，住在裕泰附设的公寓里。
军　官——男。三十岁。
王大拴——男。四十岁左右，王掌柜的长子。为人正直。
周秀花——女。四十岁。大拴的妻。
王小花——女。十三岁。大拴的女儿。
丁　宝——女。十七岁。女招待。有胆有识。
小刘麻子——男。三十多岁。刘麻子之子，继承父业而发展之。
取电灯费的——男。四十多岁。
小唐铁嘴——男。三十多岁。唐铁嘴之子，继承父业，有作天师的愿望。
明师傅——男。五十多岁。包办酒席的厨师傅。
邹福远——男。四十多岁。说评书的名手。
卫福喜——男。三十多岁。邹的师弟，先说评书，后改唱京戏。
方　六——男。四十多岁。打小鼓的，奸诈。
车当当——男。三十岁左右。买卖现洋为生。
庞四奶奶——女。四十岁。丑恶，要作皇后。庞太监的四侄媳妇。
春　梅——女。十九岁。庞四奶奶的丫环。
老　杨——男。三十多岁。卖杂货的。
小二德子——男。三十岁。二德子之子，打手。
于厚斋——男。四十多岁。小学教员，王小花的老师。

谢勇仁——男。三十多岁。与于厚斋同事。

小宋恩子——男。三十来岁。宋恩子之子,承袭父业,作特务。

小吴祥子——男。三十来岁。吴祥子之子,世袭特务。

小心眼——女。十九岁。女招待。

沈处长——男。四十岁。宪兵司令部某处处长。

茶客若干人,都是男的。

茶房一两个,都是男的。

难民数人,有男有女,有老有少。

大兵三、五人,都是男的。

公寓住客数人,都是男的。

押大令的兵七人,都是男的。

宪兵四人。男。

傻　杨——男。数来宝的。

第 一 幕

人物 王利发、刘麻子、庞太监、唐铁嘴、康六、小牛儿、松二爷、黄胖子、宋恩子、常四爷、秦仲义、吴祥子、李三、老人、康顺子、二德子、乡妇、茶客甲、乙、丙、丁、马五爷、小妞、茶房一、二人。

时间 一八九八年（戊戌）初秋，康梁等的维新运动失败了。早半天。

地点 北京，裕泰大茶馆。

〔**幕启：**这种大茶馆现在已经不见了。在几十年前，每城都起码有一处。这里卖茶，也卖简单的点心与菜饭。玩鸟的人们，每天在蹓够了画眉、黄鸟等之后，要到这里歇歇腿，喝喝茶，并使鸟儿表演歌唱。商议事情的，说媒拉纤的，也到这里来。那年月，时常有打群架的，但是总会有朋友出头给双方调解；三五十口子打手，经调人东说西说，便都喝碗茶，吃碗烂肉面（大茶馆特殊的食品，价钱便宜，作起来快当），就可以化干戈为玉帛了。总之，这是当日非常重要的地方，有事无事都可以来坐半天。

〔在这里，可以听到最荒唐的新闻，如某处的大蜘蛛怎么成了精，受到雷击。奇怪的意见也在这里可以听到，像把海边上都修上大墙，就足以挡住洋兵上岸。这里还可以听到某京戏演员新近创造了什么腔儿，和煎熬鸦片烟的最好的方法。这里也可以看到某人新得到的奇珍——一个出土的玉扇坠儿，或三彩的鼻烟壶。这真是个重要的地方，简直可以算作文化交流的所在。

〔我们现在就要看见这样的一座茶馆。

〔一进门是柜台与炉灶——为省点事,我们的舞台上可以不要炉灶;后面有些锅勺的响声也就够了。屋子非常高大,摆着长桌与方桌,长凳与小凳,都是茶座儿。隔窗可见后院,高搭着凉棚,棚下也有茶座儿。屋里和凉棚下都有挂鸟笼的地方。各处都贴着"莫谈国事"的纸条。

〔有两位茶客,不知姓名,正眯着眼,摇着头,拍板低唱。有两三位茶客,也不知姓名,正入神地欣赏瓦罐里的蟋蟀。两位穿灰色大衫的——宋恩子与吴祥子,正低声地谈话,看样子他们是北衙门的办案的(侦缉)。

〔今天又有一起打群架的,据说是为了争一只家鸽,惹起非用武力解决不可的纠纷。假若真打起来,非出人命不可,因为被约的打手中包括着善扑营的哥儿们和库兵,身手都十分厉害。好在,不能真打起来,因为在双方还没把打手约齐,已有人出面调停了——现在双方在这里会面。三三两两的打手,都横眉立目,短打扮,随时进来,往后院去。

〔马五爷在不惹人注意的角落,独自坐着喝茶。

〔王利发高高地坐在柜台里。

〔唐铁嘴踏拉着鞋,身穿一件极长极脏的大布衫,耳上夹着几张小纸片,进来。

王利发　唐先生,你外边蹓蹓吧!

唐铁嘴　(惨笑)王掌柜,捧捧唐铁嘴吧!送给我碗茶喝,我就先给您相相面吧!手相奉送,不取分文!(不容分说,拉过王利发的手来)今年是光绪二十四年,戊戌。您贵庚是……

王利发　(夺回手去)算了吧,我送给你一碗茶喝,你就甭卖那套

文学的 fragrance 味道

生意口啦!用不着相面,咱们既在江湖内,都是苦命人!(由柜台内走出,让唐铁嘴坐下)坐下!我告诉你,你要是不戒了大烟,就永远交不了好运!这是我的相法,比你的更灵验!

〔松二爷和常四爷都提着鸟笼进来,王利发向他们打招呼。他们先把鸟笼子挂好,找地方坐下。松二爷文诌诌的,提着小黄鸟笼;常四爷雄赳赳的,提着大而高的画眉笼。茶房李三赶紧过来,沏上盖碗茶。他们自带茶叶。茶沏好,松二爷、常四爷向邻近的茶座让了让。

松二爷　您喝这个!(然后,往后院看了看)
常四爷
松二爷　好像又有事儿?
常四爷　反正打不起来!要真打的话,早到城外头去啦;到茶馆来干吗?

〔二德子,一位打手,恰好进来,听见了常四爷的话。

二德子　(凑过去)你这是对谁甩闲话呢?
常四爷　(不肯示弱)你问我哪?花钱喝茶,难道还教谁管着吗?
松二爷　(打量了二德子一番)我说这位爷,您是营里当差的吧?来,坐下喝一碗,我们也都是外场人。
二德子　你管我当差不当差呢!
常四爷　要抖威风,跟洋人干去,洋人厉害!英法联军烧了圆明园,尊家吃着官饷,可没见您去冲锋打仗!
二德子　甭说打洋人不打,我先管教管教你!(要动手)

〔别的茶客依旧进行他们自己的事。王利发急忙跑过来。

王利发　哥儿们,都是街面上的朋友,有话好说。德爷,您后边坐!

〔二德子不听王利发的话,一下子把一个盖碗搂下桌去,摔碎。翻手要抓常四爷的脖领。

常四爷　(闪过)你要怎么着?
二德子　怎么着?我碰不了洋人,还碰不了你吗?

马五爷　（并未立起）二德子，你威风啊！

二德子　（四下扫视，看到马五爷）喝，马五爷，您在这儿哪？我可眼拙，没看见您！（过去请安）

马五爷　有什么事好好地说，干吗动不动地就讲打？

二德子　嗻！您说的对！我到后头坐坐去。李三，这儿的茶钱我候啦！（往后面走去）

常四爷　（凑过来，要对马五爷发牢骚）这位爷，您圣明，您给评评理！

马五爷　（立起来）我还有事，再见！（走出去）

常四爷　（对王利发）邪！这倒是个怪人！

王利发　您不知道这是马五爷呀？怪不得您也得罪了他！

常四爷　我也得罪了他？我今天出门没挑好日子！

王利发　（低声地）刚才您说洋人怎样，他就是吃洋饭的。信洋教，说洋话，有事情可以一直地找宛平县的县太爷去，要不怎么连官面上都不惹他呢！

常四爷　（往原处走）哼，我就不佩服吃洋饭的！

王利发　（向宋恩子、吴祥子那边稍一歪头，低声地）说话请留点神！（大声地）李三，再给这儿沏一碗来！（拾起地上的碎磁片）

松二爷　盖碗多少钱？我赔！外场人不作老娘们事！

王利发　不忙，待会儿再算吧！（走开）

〔纤手刘麻子领着康六进来。刘麻子先向松二爷、常四爷打招呼。

刘麻子　您二位真早班儿！（掏出鼻烟壶，倒烟）您试试这个！刚装来的，地道英国造，又细又纯！

常四爷　唉！连鼻烟也得从外洋来！这得往外流多少银子啊！

刘麻子　咱们大清国有的是金山银山，永远花不完！您坐着，我办点小事！（领康六找了个座儿）

〔李三拿过一碗茶来。

刘麻子　说说吧，十两银子行不行？你说干脆的！我忙，没工夫专伺候你！

康　六　刘爷！十五岁的大姑娘，就值十两银子吗？

刘麻子　卖到窑子去，也许多拿一两八钱的，可是你又不肯！

康　六　那是我的亲女儿！我能够……

刘麻子　有女儿，你可养活不起，这怪谁呢？

康　六　那不是因为乡下种地的都没法子混了吗？一家大小要是一天能吃上一顿粥，我要还想卖女儿，我就不是人！

刘麻子　那是你们乡下的事，我管不着。我受你之托，教你不吃亏，又教你女儿有个吃跑饭的地方，这还不好吗？

康　六　到底给谁呢？

刘麻子　我一说，你必定从心眼里乐意！一位在宫里当差的！

康　六　宫里当差的谁要个乡下丫头呢？

刘麻子　那不是你女儿的命好吗？

康　六　谁呢？

刘麻子　庞总管！你也听说过庞总管吧？侍候着太后，红的不得了，连家里打醋的瓶子都是玛瑙作的！

康　六　刘大爷，把女儿给太监作老婆，我怎么对得起人呢？

刘麻子　卖女儿，无论怎么卖，也对不起女儿！你胡涂！你看，姑娘一过门，吃的是珍馐美味，穿的是绫罗绸缎，这不是造化吗？怎样，摇头不算点头算，来个干脆的！

康　六　自古以来，哪有……他就给十两银子？

刘麻子　找遍了你们全村儿，找得出十两银子找不出？在乡下，五斤白面就换个孩子，你不是不知道！

康　六　我，唉！我得跟姑娘商量一下！

刘麻子　告诉你，过了这个村可没有这个店，耽误了事别怨我！快去快来！

康　六　唉！我一会儿就回来！

刘麻子　我在这儿等着你！

康　六　（慢慢地走出去）

刘麻子　（凑到松二爷、常四爷这边来）乡下人真难办事，永远没有个痛痛快快！

松二爷　这号生意又不小吧？

刘麻子　也甜不到哪儿去，弄好了，赚个元宝！

常四爷　乡下是怎么了？会弄得这么卖儿卖女的！

刘麻子　谁知道！要不怎么说，就是一条狗也得托生在北京城里嘛！

常四爷　刘爷，您可真有个狠劲儿，给拉拢这路事！

刘麻子　我要不分心，他们还许找不到买主呢！（忙岔话）松二爷，（掏出个小时表来）您看这个！

松二爷　（接表）好体面的小表！

刘麻子　您听听，嘎登嘎登地响！

松二爷　（听）这得多少钱？

刘麻子　您爱吗？就让给您！一句话，五两银子！您玩够了，不爱再要了，我还照数退钱！东西真地道，传家的玩艺！

常四爷　我这儿正哑摸这个味儿：咱们一个人身上有多少洋玩艺儿啊！老刘，就看你身上吧：洋鼻烟，洋表，洋缎大衫，洋布裤褂……

茶馆 ‖ 茶馆·柳家大院
Tea House & Liu Family Courtyard

刘麻子　洋东西可是真漂亮呢！我要是穿一身土布，像个乡下脑壳，谁还理我呀！

常四爷　我老觉乎着咱们的大缎子，川绸，更体面！

刘麻子　松二爷，留下这个表吧，这年月，戴着这么好的洋表，会教人另眼看待！是不是这么说，您哪？

松二爷　（真爱表,但又嫌贵）我……

刘麻子　您先戴两天,改日再给钱!

〔黄胖子进来。

黄胖子　（严重的沙眼,看不清楚,进门就请安）哥儿们,都瞧我啦!我请安了!都是自己弟兄,别伤了和气呀!

王利发　这不是他们,他们在后院哪!

黄胖子　我看不大清楚啊!掌柜的,预备烂肉面。有我黄胖子,谁也打不起来!（往里走）

二德子　（出来迎接）两边已经见了面,您快来吧!

〔二德子同黄胖子入内。

〔茶房们一趟又一趟地往后面送茶水。老人进来,拿着些牙签、胡梳、耳挖勺之类的小东西,低着头慢慢地挨着茶座儿走;没人买他的东西。他要往后院去,被李三截住。

李　三　老大爷,您外边蹓蹓吧!后院里,人家正说和事呢,没人买您的东西!（顺手儿把剩茶递给老人一碗）

松二爷　（低声地）李三!（指后院）他们到底为了什么事,要这么拿刀动杖的?

李　三　（低声地）听说是为一只鸽子。张宅的鸽子飞到了李宅去,李宅不肯交还……唉,咱们还是少说话好,（问老人）老大爷您高寿啦?

老　人　（喝了茶）多谢!八十二了,没人管!这年月呀,人还不如一只鸽子呢!唉!（慢慢走出去）

〔秦仲义,穿得很讲究,满面春风,走进来。

王利发　哎哟!秦二爷,您怎么这样闲在,会想起下茶馆来了?也没带个底下人?

秦仲义　来看看,看看你这年轻小伙子会作生意不会!

王利发　唉,一边作一边学吧,指着这个吃饭嘛。谁叫我爸爸死的早,我不干不行啊!好在照顾主儿都是我父亲的老朋友,我有不周到的地方,都肯包涵,闭闭眼就过去了。在街面上混饭吃,人缘儿顶要紧。我按着我父亲遗留下的老办法,多说好话,多请安,讨人人的喜欢,就不会出大岔子!您坐下,我给您沏碗小叶茶去!

秦仲义　我不喝!也不坐着!

王利发　坐一坐!有您在我这儿坐坐,我脸上有光!

秦仲义　也好吧!(坐)可是,用不着奉承我!

王利发　李三,沏一碗高的来!二爷,府上都好?您的事情都顺心吧?

秦仲义　不怎么太好!

王利发　您怕什么呢?那么多的买卖,您的小手指头都比我的腰还粗!

唐铁嘴　(凑过来)这位爷好相貌,真是天庭饱满,地阁方圆,虽无宰相之权,而有陶朱之富!

秦仲义　躲开我!去!

王利发　先生,你喝够了茶,该外边活动活动去!(把唐铁嘴轻轻推开)

唐铁嘴　唉!(垂头走出去)

秦仲义　小王,这儿的房租是不是得往上提那么一提呢?当年你爸爸给我的那点租钱,还不够我喝茶用的呢!

王利发　二爷,您说的对,太对了!可是,这点小事用不着您分心,您派管事的来一趟,我跟他商量,该长多少租钱,我一定照办！是！！

秦仲义　你这小子，比你爸爸还滑！哼，等着吧，早晚我把房子收回去！

王利发　您甭吓唬着我玩，我知道您多么照应我，心疼我，决不会叫我挑着大茶壶，到街上卖热茶去！

秦仲义　你等着瞧吧！

〔乡妇拉着个十来岁的小妞进来。小妞的头上插着一根草标。李三本想不许她们往前走，可是心中一难过，没管。她们俩慢慢地往里走。茶客们忽然都停止说笑，看着她们。

小　妞　（走到屋子中间，立住）妈，我饿！我饿！

〔乡妇呆视着小妞，忽然腿一软，坐在地上，掩面低泣。

秦仲义　（对王利发）轰出去！

王利发　是！出去吧，这里坐不住！

乡　妇　哪位行行好？要这个孩子，二两银子！

常四爷　李三，要两个烂肉面，带她们到门外吃去！

李　三　是啦！（过去对乡妇）起来，门口等着去，我给你们端面来！

乡　妇　（立起，抹泪往外走，好像忘了孩子；走了两步，又转回身来，搂住小妞吻她）宝贝！宝贝！

王利发　快着点吧！

〔乡妇、小妞走出去。李三随后端出两碗面去。

王利发　（过来）常四爷，您是积德行好，赏给她们面吃！可是，我告诉您：这路事儿太多了，太多了！谁也管不了！（对秦仲义）二爷，您看我说的对不对？

常四爷　（对松二爷）二爷，我看哪，大清国要完！

秦仲义 （老气横秋地）完不完，并不在乎有人给穷人们一碗面吃没有。小王，说真的，我真想收回这里的房子！
王利发 您别那么办哪，二爷！
秦仲义 我不但收回房子，而且把乡下的地，城里的买卖也都卖了！
王利发 那为什么呢？
秦仲义 把本钱拢在一块儿，开工厂！
王利发 开工厂？
秦仲义 嗯，顶大顶大的工厂！那才救得了穷人，那才能抵制外货，那才能救国！（对王利发说而眼看着常四爷）唉，我跟你说这些干什么，你不懂！
王利发 您就专为别人，把财产都出手，不顾自己了吗？
秦仲义 你不懂！只有那么办，国家才能富强！好啦，我该走啦。我亲眼看见了，你的生意不错，你甭再耍无赖，不长房钱！
王利发 您等等，我给您叫车去！
秦仲义 用不着，我愿意蹓跶蹓跶！
〔秦仲义往外走，王利发送。
〔小牛儿搀着庞太监走进来。小牛儿提着水烟袋。
庞太监 哟！秦二爷！
秦仲义 庞老爷！这两天您心里安顿了吧？
庞太监 那还用说吗？天下太平了，圣旨下来，谭嗣同问斩！告诉您，谁敢改祖宗的章程，谁就掉脑袋！
秦仲义 我早就知道！
〔茶客们忽然全静寂起来，几乎是闭住呼吸地听着。
庞太监 您聪明，二爷，要不然您怎么发财呢！
秦仲义 我那点财产，不值一提！

庞太监　太客气了吧？您看，全北京城谁不知道秦二爷！您比作官的还厉害呢！听说呀，好些财主都讲维新！

秦仲义　不能这么说，我那点威风在您的面前可就施展不出来了！哈哈哈！

庞太监　说得好，咱们就八仙过海，各显其能吧！哈哈哈！

秦仲义　改天过去给您请安，再见！（下）

庞太监　（自言自语）哼，凭这么个小财主也敢跟我逗嘴皮子，年头真是改了！（问王利发）刘麻子在这儿哪？

王利发　总管，您里边歇着吧！

〔刘麻子早已看见庞太监，但不敢靠近，怕打搅了庞太监、秦仲义的谈话。

刘麻子　喝，我的老爷子！您吉祥！我等了您好大半天了！（搀庞太监往里面走）

〔宋恩子、吴祥子过来请安，庞太监对他们耳语。

〔众茶客静默了一阵之后，开始议论纷纷。

茶客甲　谭嗣同是谁？

茶客乙　好像听说过！反正犯了大罪，要不，怎么会问斩呀！

茶客丙　这两三个月了，有些作官的，念书的，乱折腾乱闹，咱们怎能知道他们捣的什么鬼呀！

茶客丁　得！不管怎么说，我的铁杆庄稼又保住了！姓谭的，还有那个康有为，不是说叫旗兵不关钱粮，去自谋生计吗？心眼多毒！

茶客丙　一份钱粮倒叫上头克扣去一大半，咱们也不好过！

茶客丁　那总比没有强啊！好死不如赖活着，叫我去自己谋生，非死不可！

王利发　诸位主顾，咱们还是莫谈国事吧！
　　　　〔大家安静下来，都又各谈各的事。
庞太监　（已坐下）怎么说？一个乡下丫头，要二百银子？
刘麻子　（侍立）乡下人，可长得俊呀！带进城来，好好地一打扮、调教，准保是又好看，又有规矩！我给您办事，比给我亲爸爸作事都更尽心，一丝一毫不能马虎！
　　　　〔唐铁嘴又回来了。
王利发　铁嘴，你怎么又回来了？
唐铁嘴　街上兵荒马乱的，不知道是怎么回事！
庞太监　还能不搜查搜查谭嗣同的余党吗？唐铁嘴，你放心，没人抓你！
唐铁嘴　嗻，总管，您要能赏给我几个烟泡儿，我可就更有出息了。
　　　　〔有几个茶客好像预感到什么灾祸，一个个往外溜。
松二爷　咱们也该走啦吧！天不早啦！
常四爷　嗻！走吧！
　　　　〔二灰衣人——宋恩子和吴祥子走过来。
宋恩子　等等！
常四爷　怎么啦？
宋恩子　刚才你说"大清国要完"？
常四爷　我，我爱大清国，怕它完了！
吴祥子　（对松二爷）你听见了？他是这么说的吗？
松二爷　哥儿们，我们天天在这儿喝茶。王掌柜知道：我们都是地道老好人！
吴祥子　问你听见了没有？
松二爷　那，有话好说，二位请坐！

文学的 fragrance 味道

宋恩子　你不说,连你也锁了走!他说"大清国要完",就是跟谭嗣同一党!

松二爷　我,我听见了,他是说……

宋恩子　(对常四爷)走!

常四爷　上哪儿?事情要交代明白了啊!

宋恩子　你还想拒捕吗?我这儿可带着"王法"呢!(掏出腰中带着

的铁链子）

常四爷　告诉你们，我可是旗人！

吴祥子　旗人当汉奸，罪加一等！锁上他！

常四爷　甭锁，我跑不了！

宋恩子　量你也跑不了！

（对松二爷）你也走一趟，到堂上实话实说，没你的事！

〔黄胖子同三五个人由后院过来。

黄胖子　得啦，一天云雾散，算我没白跑腿！

松二爷　黄爷！黄爷！

黄胖子　（揉揉眼）谁呀？

松二爷　我！松二！您过来，给说句好话！

黄胖子　（看清）哟，宋爷，吴爷，二位爷办案啊？请吧！

松二爷　黄爷，帮帮忙，给美言两句！

黄胖子　官厅儿管不了的事，我管！官厅儿能管的事呀，我不便多嘴！（问大家）是不是？

众　　　嘛！对！

〔宋恩子、吴祥子带着常四爷、松二爷往外走。

松二爷　（对王利发）看着点我们的鸟笼子！

王利发　您放心，我给送到家里去！

〔常四爷、松二爷、宋恩子、吴祥子同下。

黄胖子　（唐铁嘴告以庞太监在此）哟，老爷在这儿哪？听说要安份儿家，我先给您道喜！

庞太监　等吃喜酒吧！

黄胖子　您赏脸！您赏脸！（下）

〔乡妇端着空碗进来，往柜上放。小妞跟进来。

小　妞　妈！我还饿！

王利发　唉！出去吧！

乡　妇　走吧，乖！

小　妞　不卖妞妞啦？妈！不卖啦？妈！

乡　妇　乖！（哭着，携小妞下）

〔康六带着康顺子进来，立在柜台前。

康　六　姑娘！顺子！爸爸不是人，是畜生！可你叫我怎办呢？你不找个吃饭的地方，你饿死！我不弄到手几两银子，就得叫东家活活地打死！你呀，顺子，认命吧，积德吧！

康顺子　我，我……（说不出话来）

刘麻子　（跑过来）你们回来啦？点头啦？好！来见见总管！给总管磕头！

康顺子　我……（要晕倒）

康　六　（扶住女儿）顺子！顺子！

刘麻子　怎么啦？

康　六　又饿又气，昏过去了！顺子！顺子！

庞太监　就要活的，可不要死的！

〔静场。

茶客甲　（正与乙下象棋）将！你完啦！

——幕落

第 二 幕

人物 王淑芬、报童、康顺子、李三、常四爷、康大力、王利发、松二爷、老林、难民数人、宋恩子、老陈、巡警、吴祥子、崔久峰、押大令的兵七人、公寓住客二、三人、军官、唐铁嘴、刘麻子、大兵三、五人。

时间 与前幕相隔十余年，现在是袁世凯死后，帝国主义指使中国军阀进行割据，时时发动内战的时候。初夏，上午。

地点 同前幕。

〔**幕启：**北京城内的大茶馆已先后相继关了门。"裕泰"是硕果仅存的一家了，可是为避免被淘汰，它已改变了样子与作风。现在，它的前部仍然卖茶，后部却改成了公寓。前部只卖茶和瓜子什么的；"烂肉面"等等已成为历史名词。厨房挪到后边去，专包公寓住客的伙食。茶座也大加改良：一律是小桌与藤椅，桌上铺着浅绿桌布。墙上的"醉八仙"大画，连财神龛，均已撤去，代以时装美人——外国香烟公司的广告画。"莫谈国事"的纸条可是保存了下来，而且字写的更大。王利发真像个"圣之时者也"，不但没使"裕泰"灭亡，而且使它有了新的发展。

〔因为修理门面，茶馆停了几天营业，预备明天开张。王淑芬正和李三忙着布置，把桌椅移了又移，摆了又摆，以期尽善尽美。

〔王淑芬梳时行的圆髻，而李三却还带着小辫儿。

〔二、三学生由后面来，与他们打招呼，出去。

王淑芬 （看李三的辫子碍事）三爷，咱们的茶馆改了良，你的小辫儿也该剪了吧？

李　三 改良！改良！越改越凉，冰凉！

王淑芬　也不能那么说！三爷你看，听说西直门的德泰，北新桥的广泰，鼓楼前的天泰，这些大茶馆全先后脚儿关了门！只有咱们裕泰还开着，为什么？不是因为拴子的爸爸懂得改良吗？

李　三　哼！皇上没啦，总算大改良吧？可是改来改去，袁世凯还是要作皇上。袁世凯死后，天下大乱，今儿个打炮，明儿个关城，改良？哼！我还留着我的小辫儿，万一把皇上改回来呢！

王淑芬　别顽固啦，三爷！人家给咱

们改了民国，咱们还能不随着走吗？你看，咱们这么一收拾，不比以前干净、好看？专招待文明人，不更体面？可是，你要还带着小辫儿，看着多么不顺眼哪！

李　三　太太，你觉得不顺眼，我还不顺心呢！

王淑芬　哟，你不顺心？怎么？

李　三　你还不明白？前面茶馆，后面公寓，全仗着掌柜的跟我两个人，无论怎么说，也忙不过来呀！

王淑芬　前面的事归他，后面的事不是还有我帮助你吗？

李　三　就算有你帮助，打扫二十来间屋子，侍候二十多人的伙食，还要沏茶灌水，买东西送信，问问你自己，受得了受不了！

王淑芬　三爷，你说的对！可是呀，这兵荒马乱的年月，能有个事儿作也就得念佛！咱们都得忍着点！

李　三　我干不了！天天睡四、五个钟头的觉，谁也不是铁打的！

王淑芬　唉！三爷，这年月谁也舒服不了！你等着，大拴子暑假就高小毕业，二拴子也快长起来，他们一有用处，咱们可就清闲点啦。从老王掌柜在世的时候，你就帮助我们，老朋友，老伙计啦！

〔王利发老气横秋地从后面进来。

李　三　老伙计？二十多年了，他们可给我长过工钱？什么都改良，为什么工钱不跟着改良呢？

王利发　哟！你这是什么话呀？咱们的买卖要是越作越好，我能不给你长工钱吗？得了，明天咱们开张，取个吉利，先别吵嘴，就这么办吧！All right？

李　三　就怎么办啦？不改我的良，我干不下去啦！

〔后面叫:"李三!李三!"

王利发　崔先生叫,你快去!咱们的事,有工夫再细研究!

李　三　哼!

王淑芬　我说,昨天就关了城门,今儿个还说不定关不关,三爷,这里的事交给掌柜的,你去买点菜吧!别的不说,咸菜总得买下点呀!

　　　〔后面又叫:"李三!李三!"

李　三　对,后边叫,前边催,把我劈成两半儿好不好!(忿忿地往后走)

王利发　拴子的妈,他岁数大了点,你可得……

王淑芬　他抱怨了大半天了!可是抱怨的对!当着他,我不便直说;对你,我可得说实话:咱们得添人!

王利发　添人得给工钱,咱们赚得出来吗?我要是会干别的,可是还开茶馆,我是孙子!

　　　〔远处隐隐有炮声。

王利发　听听,又他妈的开炮了!你闹,闹!明天开得了张才怪!这是怎么说的!

王淑芬　明白人别说糊涂话,开炮是我闹的?

王利发　别再瞎扯,干活儿去!嘿!

王淑芬　早晚不是累死,就得叫炮轰死,我看透了!(慢慢地往后边走)

王利发　(温和了些)拴子的妈,甭害怕,开过多少回炮,一回也没打死咱们,北京城是宝地!

王淑芬　心哪,老跳到嗓子眼里,宝地!我给三爷拿菜钱去。(下)

　　　〔一群男女难民在门外央告。

难　民　掌柜的，行行好，可怜可怜吧！
王利发　走吧，我这儿不打发，还没开张！
难　民　可怜可怜吧！我们都是逃难的！
王利发　别耽误工夫！我自己还顾不了自己呢！
　　　　〔巡警上。
巡　警　走！滚！快着！
　　　　〔难民散去。
王利发　怎样啊？六爷！又打得紧吗？
巡　警　紧！紧得厉害！仗打得不紧，怎能够有这么多难民呢！上面交派下来，你出八十斤大饼，十二点交齐！城里的兵带着干粮，才能出去打仗啊！
王利发　您圣明，我这儿现在光包后面的伙食，不再卖饭，也还没开张，别说八十斤大饼，一斤也交不出啊！
巡　警　你有你的理由，我有我的命令，你瞧着办吧！（要走）
王利发　您等等！我这儿千真万确还没开张，这您知道！开张以后，还得多麻烦您呢！得啦，您买包茶叶喝吧！（递钞票）您多给美言几句，我感恩不尽！
巡　警　（接票子）我给你说说看，行不行可不保准！
　　　　〔三、五个大兵，军装破烂，都背着枪，闯进门口。
巡　警　老总们，我这儿正查户口呢，这儿还没开张！
大　兵　屌！
巡　警　王掌柜，孝敬老总们点茶钱，请他们到别处喝去吧！
王利发　老总们，实在对不起，还没开张，要不然，诸位住在这儿，一定欢迎！（递钞票给巡警）
巡　警　（转递给兵们）得啦，老总们多原谅，他实在没法招待诸位！

文学的 fragrance 味道

大　兵　屌!谁要钞票?要现大洋!

王利发　老总们,让我哪儿找现洋去呢?

大　兵　屌!揍他个小舅子!

巡　警　快!再添点!

王利发　(掏)老总们,我要是还有一块,请把房子烧了!(递钞票)

大　兵　屌!(接钱下,顺手拿走两块新桌布)

巡　警　得,我给你挡住了一场大祸!他们不走呀,你就全完,连一个茶碗也剩不下!

王利发　我永远忘不了您这点好处!

巡　警　可是为这点功劳,你不得另有份意思吗?

王利发　对！您圣明，我胡涂！可是，您搜我吧，真一个铜子儿也没有啦！（掀起褂子，让他搜）您搜！您搜！

巡　警　我干不过你！明天见，明天还不定是风是雨呢！（下）

王利发　您慢走！（看巡警走去，跺脚）他妈的！打仗，打仗！今天打，明天打，老打，打他妈的什么呢？

〔唐铁嘴进来，还是那么瘦，那么脏，可是穿着绸子夹袍。

唐铁嘴　王掌柜！我来给你道喜！

王利发　（还生着气）哟！唐先生？我可不再白送茶喝！（打量，有了笑容）你混的不错呀！穿上绸子啦！

唐铁嘴　比从前好了一点！我感谢这个年月！

王利发　这个年月还值得感谢！听着有点不搭调！

唐铁嘴　年头越乱，我的生意越好！这年月，谁活着谁死都碰运气，怎能不多算算命、相相面呢？你说对不对？

王利发　Yes，也有这么一说！

唐铁嘴　听说后面改了公寓，租给我一间屋子，好不好？

王利发　唐先生，你那点嗜好，在我这儿恐怕……

唐铁嘴　我已经不吃大烟了！

王利发　真的？你可真要发财了！

唐铁嘴　我改抽"白面儿"啦。（指墙上的香烟广告）你看，哈德门烟是又长又松，（掏出烟来表演）一顿就空出一大块，正好放"白面儿"。大英帝国的烟，日本的"白面儿"，两大强国侍候着我一个人，这点福气还小吗？

王利发　福气不小！不小！可是，我这儿已经住满了人，什么时候有了空房，我准给你留着！

唐铁嘴　你呀，看不起我，怕我给不了房租！

王利发　没有的事！都是久在街面上混的人，谁能看不起谁呢？这是知心话吧？

唐铁嘴　你的嘴呀比我的还花哨！

王利发　我可不光要嘴皮子，我的心放得正！这十多年了，你白喝过我多少碗茶？你自己算算！你现在混的不错，你想着还我茶钱没有？

唐铁嘴　赶明儿我一总还给你，那一共才有几个钱呢！（搭讪着往外走）

〔街上卖报的喊叫："长辛店大战的新闻，买报瞧，瞧长辛店大战的新闻！"报童向内探头。

报　童　掌柜的，长辛店大战的新闻，来一张瞧瞧？

王利发　有不打仗的新闻没有？

报　童　也许有，您自己找！

王利发　走！不瞧！

报　童　掌柜的，你不瞧也照样打仗！（对唐铁嘴）先生，您照顾照顾？

唐铁嘴　我不像他，（指王利发）我最关心国事！（拿了一张报，没给钱即走）

〔报童追唐铁嘴下。

王利发　（自言自语）长辛店！长辛店！离这里不远啦！（喊）三爷，三爷！你倒是抓早儿买点菜去呀，待一会儿准关城门，就什么也买不到啦！嘿！（听后面没人应声，含怒往后跑）

〔常四爷提着一串腌萝卜，两只鸡，走进来。

常四爷　王掌柜！

王利发　谁？哟，四爷！您干什么哪？

常四爷　我卖菜呢！自食其力，不含糊！今儿个城外头乱乱哄哄，买不到菜；东抓西抓，抓到这么两只鸡，几斤老腌萝卜。听说你明天开张，也许用的着，特意给你送来了！

王利发　我谢谢您！我这儿正没有辙呢！

常四爷　（四下里看）好啊！好啊！收拾得好啊！大茶馆全关了，就是你有心路，能随机应变地改良！

王利发　别夸奖我啦！我尽力而为，可就怕天下老这么乱七八糟！

常四爷　像我这样的人算是坐不起这样的茶馆喽！

〔松二爷走进来，穿的很寒酸，可是还提着鸟笼。

松二爷　王掌柜！听说明天开张，我来道喜！（看见常四爷）哎哟！四爷，可想死我喽！

常四爷　二哥！你好哇？

王利发　都坐下吧！

松二爷　王掌柜，你好？太太好？少爷好？生意好？

王利发　（一劲儿说）好！托福！（提起鸡与咸菜）四爷，多少钱？

常四爷　瞧着给，该给多少给多少！

王利发　对！我给你们弄壶茶来！（提物到后面去）

松二爷　四爷，你，你怎么样啊？

常四爷　卖青菜哪！铁杆庄稼没有啦，还不卖膀子力气吗？二爷，您怎么样啊？

松二爷　怎么样？我想大哭一场！看见我这身衣裳没有？我还像个人吗？

常四爷　二哥，您能写能算，难道找不到点事儿作？

松二爷　嗻，谁愿意瞪着眼挨饿呢！可是，谁要咱们旗人呢！想起来呀，大清国不一定好啊，可是到了民国，我挨了饿！

王利发　（端着一壶茶回来。给常四爷钱）不知道您花了多少，我就给这么点吧！

常四爷　（接钱，没看，揣在怀里）没关系！

王利发　二爷，（指鸟笼）还是黄鸟吧？哨的怎样？

松二爷　嗻，还是黄鸟！我饿着，也不能叫鸟儿饿着！（有了点精神）看看，看看，（打开罩子）多么体面！一看见它呀，我就舍不得死啦！

王利发　松二爷，不准说死！有那么一天，您还会走一步好运！

常四爷　二哥，走！找个地方喝两盅儿去！一醉解千愁！王掌柜，我可就不让你啦，没有那么多的钱！

王利发　我也分不开身，就不陪了！

〔常四爷、松二爷正往外走，宋恩子和吴祥子进来。他们俩仍穿灰色大衫，但袖口瘦了，而且罩上青布马褂。

松二爷　（看清楚是他们，不由地上前请安）原来是你们二位爷！

〔王利发似乎受了松二爷的感染，也请安，弄得二人愣住了。

宋恩子　这是怎么啦？民国好几年了，怎么还请安？你们不会鞠躬吗？

松二爷　我看见您二位的灰大褂呀，就想起了前清的事儿！不能不请安！

王利发　我也那样！我觉得请安比鞠躬更过瘾！

吴祥子　哈哈哈哈！松二爷，你们的铁杆庄稼不行了，我们的灰色大褂反倒成了铁杆庄稼，哈哈哈！（看见常四爷）这不是常四爷吗？

常四爷　是呀，您的眼力不错！戊戌年我就在这儿说了句"大清国要完",叫您二位给抓了走,坐了一年多的牢!

宋恩子　您的记性可也不错!混的还好吧?

常四爷　托福!从牢里出来,不久就赶上庚子年;扶清灭洋,我当了义和团,跟洋人打了几仗!闹来闹去,大清国到底是亡了,该亡!我是旗人,可是我得说公道话!现在,每天起五更弄一挑子青菜,绕到十点来钟就卖光。凭力气挣饭吃,我的身上更有劲了!什么时候洋人敢再动兵,我姓常的还准备跟他们打打呢!我是旗人,旗人也是中国人哪!您二位怎么样?

吴祥子　瞎混呗!有皇上的时候,我们给皇上效力,有袁大总统的时候,我们给袁大总统效力,现而今,宋恩子,该怎么说啦?

宋恩子　谁给饭吃,咱们给谁效力!

常四爷　要是洋人给饭吃呢?

松二爷　四爷,咱们走吧!

吴祥子　告诉你,常四爷,要我们效力的都仗着洋人撑腰!没有洋枪洋炮,怎能够打起仗来呢?

松二爷　您说的对!嗻!四爷,走吧!

常四爷　再见吧,二位,盼着你们快快升官发财!(同松二爷下)

宋恩子　这小子!

王利发　(倒茶)常四爷老是那么又倔又硬,别计较他!(让茶)二位喝碗吧,刚沏好的。

宋恩子　后面住着的都是什么人?

王利发　多半是大学生,还有几位熟人。我有登记簿子,随时报告给"巡警阁子"。我拿来,二位看看?

吴祥子　我们不看簿子,看人!
王利发　您甭看,准保都是靠得住的人!
宋恩子　你为什么爱租学生们呢?学生不是什么老实家伙呀!
王利发　这年月,作官的今天上任,明天撤职,作买卖的今天开市,明天关门,都不可靠!只有学生有钱，能够按月交房租，没钱的就上不了大学啊！您看，是这么一笔账不是？

宋恩子　都叫你咂摸透了！你想的对！现在，连我们也欠饷啊！

吴祥子　是呀，所以非天天拿人不可，好得点津贴！

宋恩子　就仗着有错拿，没错放的，拿住人就有津贴！走吧，到后边看看去！

吴祥子　走！

王利发　二位，二位！您放心，准保没错儿！

宋恩子　不看，拿不到人，谁给我们津贴呢？

吴祥子　王掌柜不愿意咱们看，王掌柜必会给咱们想办法！咱们得给王掌柜留个面子！对吧？王掌柜！

王利发　我……

宋恩子　我出个不很高明的主意：干脆来个包月，每月一号，按阳历算，你把那点……

吴祥子　那点意思！

宋恩子　对，那点意思送到，你省事，我们也省事！

王利发　那点意思得多少呢？

吴祥子　多年的交情，你看着办！你聪明，还能把那点意思闹成不好意思吗？

李　三　（提着菜筐由后面出来）喝，二位爷！（请安）今儿个又得关城门吧！（没等回答，往外走）

〔二、三学生匆匆地回来。

学　生　三爷，先别出去，街上抓醉呢！（往后面走去）

李　三　（还往外走）抓去也好，在哪儿也是当苦力！

〔刘麻子丢了魂似的跑来，和李三碰了个满怀。

李　三　怎么回事呀？吓掉了魂儿啦！

刘麻子　（喘着）别，别，别出去！我差点叫他们抓了去！

王利发　三爷，等一等吧！

李　三　午饭怎么开呢？

王利发　跟大家说一声，中午咸菜饭，没别的办法！晚上吃那两只鸡！

李　三　好吧！（往回走）

刘麻子　我的妈呀，吓死我啦！

宋恩子　你活着，也不过多买卖几个大姑娘！

刘麻子　有人卖，有人买，我不过在中间帮帮忙，能怪我吗？（把桌上的三个茶杯的茶先后喝净）

吴祥子　我可是告诉你，我们哥儿们从前清起就专办革命党，不大爱管贩卖人口，拐带妇女什么的臭事。可是你要叫我们碰见，我们也不再睁一眼闭一眼！还有，像你这样的人，弄进去，准锁在尿桶上！

刘麻子　二位爷，别那么说呀！我不是也快挨饿了吗？您看，以前，我走八旗老爷们、宫里太监们的门子。这么一革命啊，可苦了我啦！现在，人家总长次长，团长师长，要娶姨太太讲究要唱落子的坤角，戏班里的女名角，一花就三千五千现大洋！我干瞧着，摸不着门！我那点芝麻粒大的生意算得了什么呢？

宋恩子　你呀，非锁在尿桶上，不会说好的！

刘麻子　得啦，今天我孝敬不了二位，改天我必有一份儿人心！

吴祥子　你今天就有买卖，要不然，兵荒马乱的，你不会出来！

刘麻子　没有！没有！

宋恩子　你嘴里半句实话也没有！不对我们说真话，没有你的好处！王掌柜，我们出去绕绕；下月一号，按阳历算，别忘了！

王利发　我忘了姓什么，也忘不了您二位这回事！

吴祥子　一言为定啦！（同宋恩子下）

王利发　刘爷，茶喝够了吧？该出去活动活动！

刘麻子　你忙你的，我在这儿等两个朋友。

王利发　咱们可把话说开了，从今以后，你不能再在这儿作你的生意，这儿现在改了良，文明啦！

〔康顺子提着个小包，带着康大力，往里边探头。

康大力　是这里吗？

康顺子　地方对呀，怎么改了样儿？

　　　　（进来，细看，看见了刘麻子）大力，进来，是这儿！

康大力　找对啦？妈！

康顺子　没错儿！有他在这儿，不会错！

王利发　您找谁？

康顺子　（不语，直奔过刘麻子去）刘麻子，你还认识我吗？（要打，但是伸不出手去，一劲地颤抖）你，你，你个……（要骂，也感到困难）

刘麻子　你这个娘儿们，无缘无故地跟我捣什么乱呢？

康顺子　（挣扎）无缘无故？你，你看看我是谁？一个男子汉，干什么吃不了饭，偏干伤天害理的事！呸！呸！

王利发　这位大嫂，有话好好说！

康顺子　你是掌柜的？你忘了吗？十几年前，有个娶媳妇的太监？

王利发　您，您就是庞太监的那个……

康顺子　都是他（指刘麻子）作的好事，我今天跟他算算账！

（又要打，仍未成功）

刘麻子　（躲）你敢！你敢！我好男不跟女斗！（随说随往后退）我，我找人来帮我说说理！（撒腿往后面跑）

王利发　（对康顺子）大嫂，你坐下，有话慢慢说！庞太监呢？

康顺子　（坐下喘气）死啦。叫他的侄子们给饿死的。一改民国呀，他还有钱，可没了势力，所以侄子们敢欺负他。他一死，他的侄子们把我们轰出来了，连一床被子都没给我们！

王利发　这，这是……？

康顺子　我的儿子！

王利发　您的……？

康顺子　也是买来的，给太监当儿子。

康大力　妈！你爸爸当初就在这儿卖了你的？

康顺子　对了，乖！就是这儿，一进这儿的门，我就晕过去了，我永远忘不了这个地方！

康大力　我可不记得我爸爸在哪里卖了我的！

康顺子　那时候，你不是才一岁吗？妈妈把你养大了的，你跟妈妈一条心，对不对？乖！

康大力　那个老东西，掐你，拧你，咬你，还用烟签子扎我！他们人多，咱们打不过他们！要不是你，妈，我准叫他们给打死了！

康顺子　对！他们人多，咱们又太老实！你看，看见刘麻子，我想咬他几口，可是，可是，连一个嘴巴也没打上，我伸不出手去！

康大力　妈，等我长大了，我帮助你打！我不知道亲妈妈是谁，你就是我的亲妈妈！

康顺子　好！好！咱们永远在一块儿，我去挣钱，你去念书！

（稍愣了一会儿）掌柜的，当初我在这儿叫人买了去，咱们总算有缘，你能不能帮帮忙，给我找点事作？我饿死不要紧，可不能饿死这个无倚无靠的好孩子！

〔王淑芬出来，立在后边听着。

王利发　你会干什么呢？

康顺子　洗洗涮涮、缝缝补补、作家常饭，都会！我是乡下人，我能吃苦，只要不再作太监的老婆，什么苦处都是甜的！

王利发　要多少钱呢？

康顺子　有三顿饭吃,有个地方睡觉,够大力上学的,就行!

王利发　好吧,我慢慢给你打听着!你看,十多年前那回事,我到今天还没忘,想起来心里就不痛快!

康顺子　可是,现在我们母子上哪儿去呢?

王利发　回乡下找你的老父亲去!

康顺子　他?他是活是死,我不知道。就是活着,我也不能去找他!他对不起女儿,女儿也不必再叫他爸爸!

王利发　马上就找事,可不大容易!

王淑芬　(过来)她能洗能作,又不多要钱,我留下她了!

王利发　你?

王淑芬　难道我不是内掌柜的?难道我跟李三爷就该累死?

康顺子　掌柜的,试试我!看我不行,您说话,我走!

王淑芬　大嫂,跟我来!

康顺子　当初我是在这儿卖出去的,现在就拿这儿当作娘家吧!大力,来吧!

康大力　掌柜的,你要不打我呀,我会帮助妈妈干活儿!(同王淑芬、康顺子下)

王利发　好家伙,一添就是两张嘴!太监取消了,可把太监的家眷交到这里来了!

李　三　(掩护着刘麻子出来)快走吧!(回去)

王利发　就走吧,还等着真挨两个脆的吗?

刘麻子　我不是说过了吗,等两个朋友?

王利发　你呀,叫我说什么才好呢!

刘麻子　有什么法子呢!隔行如隔山,你老得开茶馆,我老得干我这一行!到什么时候,我也得干我这一行!

〔老林和老陈满面笑容地走进来。

刘麻子　（二人都比他年轻，他却称呼他们哥哥）林大哥，陈二哥！（看王不满意，赶紧说）王掌柜，这儿现在没有人，我借个光，下不为例！

王利发　她（指后边）可是还在这儿呢！

刘麻子　不要紧了，她不会打人！就是真打，他们二位也会帮助我！

王利发　你呀！哼！（到后边去）

刘麻子　坐下吧，谈谈！

老　林　你说吧！老二！

老　陈　你说吧！哥！

刘麻子　谁说不一样啊！

老　陈　你说吧，你是大哥！

老　林　那个，你看，我们俩是把兄弟！

老　陈　对！把兄弟，两个人穿一条裤子的交情！

老　林　他有几块现大洋！

刘麻子　现大洋？

老　陈　林大哥也有几块现大洋！

刘麻子　一共多少块呢？说个数目！

老　林　那，还不能告诉你咧！

老　陈　事儿能办才说咧！

刘麻子　有现大洋，没有办不了的事！

老　林
老　陈　真的？

刘麻子　说假话是孙子！

老　林　那么，你说吧，老二！

老　　陈　还是你说，哥！

老　　林　你看，我们是两个人吧？

刘麻子　嗯！

老　　陈　两个人穿一条裤子的交情吧？

刘麻子　嗯！

老　　林　没人耻笑我们的交情吧？

刘麻子　交情嘛，没人耻笑！

老　　陈　也没人耻笑三个人的交情吧？

刘麻子　三个人？都是谁？

老　　林　还有个娘儿们！

刘麻子　嗯！嗯！嗯！我明白了！可是不好办，我没办过！你看，平常都说小两口儿，哪有小三口儿的呢！

老　　林　不好办？

刘麻子　太不好办啦！

老　　林　（问老陈）你看呢？

老　　陈　还能白拉倒吗？

老　　林　不能拉倒！当了十几年兵，连半个媳妇都娶不上！他妈的！

刘麻子　不能拉倒，咱们再想想！你们到底一共有多少块现大洋？

〔王利发和崔久峰由后面慢慢走来。刘麻子等停止谈话。

王利发　崔先生，昨天秦二爷派人来请您，您怎么不去呢？您这么有学问，上知天文，下知地理，又作过国会议员，可是住在我这里，天天念经；干吗不出去作点事呢？您这样的好人，应当出去作官！有您这样的清官，我们小民才能过太平日子！

崔久峰　惭愧！惭愧！作过国会议员，那真是造孽呀！革命有什么用呢，不过自误误人而已！唉！现在我只能修持，忏悔！

王利发　您看秦二爷，他又办工厂，又忙着开银号！

崔久峰　办了工厂、银号又怎么样呢？他说实业救国，他救了谁？救了他自己，他越来越有钱了！可是他那点事业，哼，外国人伸出一个小指头，就把他推倒在地，再也起不来！

王利发　您别这么说呀！难道咱们就一点盼望也没有了吗？

崔久峰　难说！很难说！你看，今天王大帅打李大帅，明天赵大帅又打王大帅。是谁叫他们打的？

王利发　谁？哪个混蛋？

崔久峰　洋人！

王利发　洋人？我不能明白！

崔久峰　慢慢地你就明白了。有那么一天，你我都得作亡国奴！我干过革命，我的话不是随便说的！

王利发　那么，您就不想想主意，卖卖力气，别叫大家作亡国奴？

崔久峰　我年轻的时候，以天下为己任，的确那么想过！现在，我可看透了，中国非亡不可！

王利发　那也得死马当活马治呀！

崔久峰　死马当活马治？那是妄想！死马不能再活，活马可早晚得死！好啦，我到弘济寺去，秦二爷再派人来找我，你就说，我只会念经，不会干别的！（下）

〔宋恩子、吴祥子又回来了。

王利发　二位！有什么消息没有？

〔宋恩子、吴祥子不语，坐在靠近门口的地方，看着刘麻子等。

〔刘麻子不知如何是好，低下头去。

〔老陈、老林也不知如何是好，相视无言。

〔静默了有一分钟。

老　陈　哥,走吧?

老　林　走!

宋恩子　等等!(立起来,挡住路)

老　陈　怎么啦?

吴祥子　(也立起)你说怎么啦?

〔四人呆呆相视一会儿。

宋恩子　乖乖地跟我们走!

老　林　上哪儿?

吴祥子　逃兵,是吧?有些块现大洋,想在北京藏起来,是吧?有钱就藏起来,没钱就当土匪,是吧?

老　陈　你管得着吗?我一个人揍你这样的八个。(要打)

宋恩子　你?可惜你把枪卖了,是吧?没有枪的干不过有枪的,是吧?(拍了拍身上的枪)我一个人揍你这样的八个!

老　林　都是弟兄,何必呢?都是弟兄!

吴祥子　对啦!坐下谈谈吧!你们是要命呢?还是要现大洋?

老　陈　我们那点钱来的不容易!谁发饷,我们给谁打仗,我们打过多少次仗啊!

宋恩子　逃兵的罪过,你们可也不是不知道!

老　林　咱们讲讲吧,谁叫咱们是弟兄呢!

吴祥子　这像句自己人的话!谈谈吧!

王利发　(在门口)诸位,大令过来了!

老　陈
老　林　啊!(惊惶失措,要往里边跑)

宋恩子　别动!君子一言:把现大洋分给我们一半,保你们俩没事!

咱们是自己人！

老　陈
老　林　　就那么办！自己人！

〔"大令"进来：二捧刀——刀缠红布——背枪者前导，手捧令箭的在中，四持黑红棍者在后。军官在最后押队。

吴祥子　（和宋恩子、老林、老陈一齐立正，从帽中取出证章，叫军官看）报告官长，我们正在这儿盘查一个逃兵。

军　官　就是他吗？（指刘麻子）

吴祥子　（指刘麻子）就是他！

军　官　绑！

刘麻子　（喊）老爷！我不是！不是！

军　官　绑！（同下）

吴祥子（对宋恩子）到后面抓两个学生。

宋恩子　走！（同往后疾走）

——幕落

第 三 幕

人物 王大拴、明师傅、于厚斋、周秀花、邹福远、小宋恩子、王小花、卫福喜、小吴祥子、康顺子、方六、常四爷、丁宝、车当当、秦仲义、王利发、庞四奶奶、小心眼、茶客甲、茶客乙、春梅、沈处长、小刘麻子、老杨、宪兵四人、取电灯费的、小二德子、小唐铁嘴、谢勇仁。

时间 抗日战争胜利后，国民党特务和美国兵在北京横行的时候。秋，清晨。

地点 同前幕。

〔幕启：现在，裕泰茶馆的样子可不像前幕那么体面了。藤椅已不见，代以小凳与条凳。自房屋至家具都显着暗淡无光。假若有什么突出惹眼的东西，那就是"莫谈国事"的纸条更多，字也更大了。在这些条子旁边还贴着"茶钱先付"的新纸条。

〔一清早，还没有下窗板。王利发的儿子王大拴，垂头丧气地独自收拾屋子。

〔王大拴的妻周秀花，领着小女儿王小花，由后面出来。她们一边走一边说话儿。

王小花　妈，晌午给我作点热汤面吧！好多天没吃过啦！
周秀花　我知道，乖！可谁知道买得着面买不着呢！就是粮食店里可巧有面，谁知道咱们有钱没有呢！唉！
王小花　就盼着两样都有吧！妈！
周秀花　你倒想得好，可哪能那么容易！去吧，小花，在路上留神吉普车！
王大拴　小花，等等！
王小花　干吗？爸！

王大拴　昨天晚上……

周秀花　我已经嘱咐过她了！她懂事！

王大拴　你大力叔叔的事万不可对别人说呀！说了，咱们全家都得死！明白吧？

王小花　我不说，打死我也不说！有人问我大力叔叔回来过没有，我就说：他走了好几年，一点消息也没有！

〔康顺子由后面走来。她的腰有点弯，但还硬朗。她一边走一边叫王小花。

康顺子　小花！小花！还没走哪？

王小花　康婆婆，干吗呀？

康顺子　小花，乖！婆婆再看你一眼！（抚弄王小花的头）多体面哪！吃的不足啊，要不然还得更好看呢！

周秀花　大婶，您是要走吧？

康顺子　是呀！我走，好让你们省点嚼谷呀！大力是我拉扯大的，他叫我走，我怎能不走呢？当初，我刚到这里的时候，他还没有小花这么高呢！

王小花　看大力叔叔现在多么壮实，多么大气！

康顺子　是呀，虽然他只在这儿坐了一袋烟的工夫呀，可是叫我年轻了好几岁！我本来什么也没有，一见着他呀，好像忽然间我什么都有啦！我走，跟着他走，受什么累，吃什么苦，也是香甜的！看他那两只大手，那两只大脚，简直是个顶天立地的男子汉！

王小花　婆婆，我也跟您去！

康顺子　小花，你乖乖地去上学，我会回来看你！

王大拴　小花，上学吧，别迟到！

王小花　婆婆，等我下了学您再走！

康顺子　哎！哎！去吧，乖！（王小花下）

王大拴　大婶，我爸爸叫您走吗？

康顺子　他还没打好了主意。我倒怕呀，大力回来的事儿万一叫人家知道了啊，我又忽然这么一走，也许要连累了你们！这年月不是天天抓人吗？我不能作对不起你们的事！

周秀花　大婶，您走您的，谁逃出去谁得活命！喝茶的不是常低声儿说：想要活命得上西山吗？

王大拴　对！

康顺子　小花的妈，来吧，咱们再商量商量！我不能专顾自己，叫你们吃亏！老大，你也好好想想！（同周秀花下）

〔丁宝进来。

丁　宝　嗨，掌柜的，我来啦！

王大拴　你是谁？

丁　宝　小丁宝！小刘麻子叫我来的，他说这儿的老掌柜托他请个女招待。

王大拴　姑娘，你看看，这么个破茶馆，能用女招待吗？我们老掌柜呀，穷得乱出主意！

〔王利发慢慢地走出来，他还硬朗，穿的可很不整齐。

王利发　老大，你怎么老在背后褒贬老人呢？谁穷得乱出主意呀？下板子去！什么时候了，还不开门！

〔王大拴去下窗板。

丁　宝　老掌柜，你硬朗啊？

王利发　嗯！要有炸酱面的话，我还能吃三大碗呢，可惜没有！十几了？姑娘！

丁　宝　十七！

王利发　才十七？

丁　宝　是呀！妈妈是寡妇，带着我过日子。胜利以后呀，政府硬说我爸爸给我们留下的一所小房子是逆产，给没收啦！妈妈气死了，我作了女招待！老掌柜，我到今天还不明白什么叫逆产，您知道吗？

王利发　姑娘，说话留点神！一句话说错了，什么都可以变成逆产！你看，这后边呀，是秦二爷的仓库，有人一瞪眼，说是逆产，就给没收啦！就是这么一回事！

〔王大拴回来。

丁　宝　老掌柜，您说对了！连我也是逆产，谁的胳臂粗，我就得侍候谁！他妈的，我才十七，就常想还不如死了呢！死了落个整尸首，干这一行，活着身上就烂了！

王大拴　爸，您真想要女招待吗？

王利发　我跟小刘麻子瞎聊来着！我一辈子老爱改良，看着生意这么不好，我着急！

王大拴　您着急，我也着急！可是，您就忘记老裕泰这个老字号了吗？六十多年的老字号，用女招待？

丁　宝　什么老字号啊！越老越不值钱！不信，我现在要是二十八岁，就是叫小小丁宝，小丁宝贝，也没人看我一眼！

〔茶客甲、乙上。

王利发　二位早班儿！带着叶子哪？老大拿开水去！（王大拴下）二位，对不起，茶钱先付！

茶客甲　没听说过！

王利发　我开过几十年茶馆，也没听说过！可是，您圣明：茶叶、煤球儿都一会儿一个价钱，也许您正喝着茶，茶叶又长了价钱！您看，先收茶钱不是省得麻烦吗？

茶客乙　我看哪，不喝更省事！（同茶客甲下）

王大拴　（提来开水）怎么? 走啦!

王利发　这你就明白了!

丁　宝　我要是过去说一声:"来了?小子!"他们准给一块现大洋!

王利发　你呀,老大,比石头还顽固!

王大拴　（放下壶）好吧,我出去蹓蹓,这里出不来气!（下）

王利发　你出不来气,我还憋得慌呢!

〔小刘麻子上,穿着洋服,夹着皮包。

小刘麻子　小丁宝,你来啦?

丁　宝　有你的话,谁敢不来呀!

小刘麻子　王掌柜,看我给你找来的小宝贝怎样? 人材、岁数、打扮、经验,样样出色!

王利发　就怕我用不起吧?

小刘麻子　没的事! 她不要工钱! 是吧,小丁宝?

王利发　不要工钱?

小刘麻子　老头儿,你都甭管,全听我的,我跟小丁宝有我们一套办法! 是吧,小丁宝?

丁　宝　要是没你那一套办法,怎会缺德呢!

小刘麻子　缺德? 你算说对了! 当初,我爸爸就是由这儿绑出去的;不信,你问王掌柜。是吧,王掌柜?

王利发　我亲眼得见!

小刘麻子　你看,小丁宝,我不乱吹吧? 绑出去,就在马路中间,磕喳一刀! 是吧,老掌柜?

王利发　听得真真的!

小刘麻子　我不说假话吧? 小丁宝! 可是,我爸爸到底差点事,一辈子混的并不怎样。轮到我自己出头露面了,我必得干的特别出色。（打开皮包,拿出计划书）看,小丁宝,看看我的计划!

丁　宝　我没那么大的工夫!我看哪,我该回家,休息一天,明天来上工。

王利发　丁宝,我还没想好呢!

小刘麻子　王掌柜,我都替你想好啦!不信,你等着看,明天早上,小丁宝在门口儿歪着头那么一站,马上就进来二百多茶座儿!小丁宝,你听听我的计划,跟你有关系。

丁　宝　哼!但愿跟我没关系!

小刘麻子　你呀,小丁宝,不够积极!听着……

〔取电灯费的进来。

取电灯费的　掌柜的,电灯费!

王利发　电灯费?欠几个月的啦?

取电灯费的　三个月的!

王利发　再等三个月,凑半年,我也还是没办法!

取电灯费的　那像什么话呢?

小刘麻子　地道真话嘛!这儿属沈处长管。知道沈处长吧?市党部的委员,宪兵司令部的处长!您愿意收他的电费吗?说!

取电灯费的　什么话呢,当然不收!对不起,我走错了门儿!(下)

小刘麻子　看,王掌柜,你不听我的行不行?你那套光绪年的办法太守旧了!

王利发　对!要不怎么说,人要活到老学到老呢!我还得多学!

小刘麻子　就是嘛!

〔小唐铁嘴进来,穿着绸子夹袍,新缎鞋。

小刘麻子　哎哟,他妈的是你,小唐铁嘴!

茶馆 ‖ 茶馆·柳家大院
Tea House & Liu Family Courtyard

小唐铁嘴　哎哟，他妈的是你，小刘麻子！来，叫爷爷看看！（看前看后）你小子行，洋服穿的像那么一回事，由后边看哪，你比洋人还更像洋人！老王掌柜，我夜观天像，紫微星发亮，不久必有真龙天子出现，所以你看我跟小刘麻子，和这位……

小刘麻子　小丁宝，九城闻名！

小唐铁嘴　……和这位小丁宝，才都这么才貌双全，文武带打，我们是应运而生，活在这个时代，真是如鱼得水！老掌柜，把脸转正了，我看看！好，好，印堂发亮，还有一步好运！来吧，给我碗喝吧！

王利发　小唐铁嘴!

小唐铁嘴　别再叫唐铁嘴,我现在叫唐天师!

小刘麻子　谁封你作了天师?

小唐铁嘴　待两天你就知道了。

王利发　天师,可别忘了,你爸爸白喝了我一辈子的茶,这可不能世袭!

小唐铁嘴　王掌柜,等我穿上八卦仙衣的时候,你会后悔刚才说了什么!你等着吧!

小刘麻子　小唐,待会儿我请你去喝咖啡,小丁宝作陪,你先听我说点正经事,好不好?

小唐铁嘴　王掌柜,你就不想想,天师今天白喝你点茶,将来会给你个县知事作作吗?好吧,小刘你说!

小刘麻子　我这儿刚跟小丁宝说,我有个伟大的计划!

小唐铁嘴　好!洗耳恭听!

小刘麻子　我要组织一个"拖拉撕"。这是个美国字,也许你不懂,翻成北京话就是"包圆儿"。

小唐铁嘴　我懂!就是说,所有的姑娘全由你包办。

小刘麻子　对!你的脑力不坏!小丁宝,听着,这跟你有密切关系!甚至于跟王掌柜也有关系!

王　利　发　我这儿听着呢!

小刘麻子　我要把舞女、明娼、暗娼、吉普女郎和女招待全组织起来,成立那么一个大"拖拉撕"。

小唐铁嘴　(闭着眼问)官方上疏通好了没有?

小刘麻子　当然!沈处长作董事长,我当总经理!

小唐铁嘴　我呢?

小刘麻子　你要是能琢磨出个好名字来,请你作顾问!

小唐铁嘴　车马费不要法币!

小刘麻子　每月送几块美钞!

小唐铁嘴　往下说!

小刘麻子　业务方面包括:买卖部、转运部、训练部、供应部,四大部。谁买姑娘,还是谁卖姑娘;由上海调运到天津,还是由汉口调运到重庆;训练吉普女郎,还是训练女招待;是供应美国军队,还是各级官员,都由公司统一承办,保证人人满意。你看怎样?

小唐铁嘴　太好!太好!在道理上,这合乎统制一切的原则。在实际上,这首先能满足美国兵的需要,对国家有利!

小刘麻子　好吧,你就给想个好名字吧!想个文雅的,像"柳叶眉,杏核眼,樱桃小口一点点"那种诗那么文雅的!

小唐铁嘴　嗯——"拖拉撕","拖拉撕"……不雅!拖进来,拉进来,不听话就撕成两半儿,倒好像是绑票儿撕票儿,不雅!

小刘麻子　对,是不大雅!可那是美国字,吃香啊!

小唐铁嘴　还是联合公司响亮、大方!

小刘麻子　有你这么一说!什么联合公司呢?

丁　宝　缺德公司就挺好!

小刘麻子　小丁宝,谈正经事,不许乱说!你好好干,将来你有作女招待总教官的希望!

小唐铁嘴　看这个怎样——花花联合公司?姑娘是什么?鲜花嘛!要姑娘就得多花钱,花呀花呀,所以花花!"青是山,绿是水,花花世界",又有典故,出自《武家坡》!好不好!

小刘麻子　小唐,我谢谢你,谢谢你!(热烈握手)我马上找沈处长去研究一下,他一赞成,你的顾问就算当上了!(收拾皮包,要走)

王利发　我说，丁宝的事到底怎么办？

小刘麻子　没告诉你不用管吗？"拖拉撕"统办一切，我先在这里试验试验。

丁　宝　你不是说喝咖啡去吗？

小刘麻子　问小唐去不去？

小唐铁嘴　你们先去吧，我还在这儿等个人。

小刘麻子　咱们走吧，小丁宝！

丁　宝　明天见，老掌柜！再见，天师！（同小刘麻子下）

小唐铁嘴　王掌柜，拿报来看看！

王利发　那，我得慢慢地找去。二年前的还许有几张！

小唐铁嘴　废话！

〔进来三位茶客：明师傅、邹福远和卫福喜。明师傅独坐，邹福远与卫福喜同坐。王利发都认识，向大家点头。

王利发　哥儿们，对不起啊，茶钱先付！

明师傅　没错儿，老哥哥！

王利发　唉！"茶钱先付"，说着都烫嘴！（忙着沏茶）

邹福远　怎样啊？王掌柜！晚上还添评书不添啊？

王利发　试验过了，不行！光费电，不上座儿！

邹福远　对！您看，前天我在会仙馆，开三侠四义五霸十雄十三杰九老十五小，大破凤凰山，百鸟朝凤，棍打凤腿，您猜上了多少座儿？

王利发　多少？那点书现在除了您，没有人会说！

邹福远　您说的在行！可是，才上了五个人，还有俩听蹭儿的！

卫福喜　师哥，无论怎么说，你比我强！我又闲了一个多月啦！

邹福远　可谁叫你跳了行，改唱戏了呢？

卫福喜　我有嗓子，有扮相嘛！

邹福远　可是上了台，你又不好好地唱！

卫福喜　妈的唱一出戏，挣不上三个杂合面饼子的钱，我干吗卖力气呢？我疯啦？

邹福远　唉！福喜，咱们哪，全叫流行歌曲跟《纺棉花》给顶垮喽！我是这么看，咱们死，咱们活着，还在其次，顶伤心的是咱们这点玩艺儿，再过几年都得失传！咱们对不起祖师爷！常言道：邪不侵正。这年头就是邪年头，正经东西全得连根儿烂！

王利发　唉！（转至明师傅处）明师傅，可老没来啦！

明师傅　出不来喽！包监狱里的伙食呢！

王利发　您！就凭您，办一、二百桌满汉全席的手儿，去给他们蒸窝窝头？

明师傅　那有什么办法呢，现而今就是狱里人多呀！满汉全席？我连家伙都卖喽！

〔方六拿着几张画儿进来。

明师傅　六爷，这儿！六爷，那两桌家伙怎样啦？我等钱用！

方　六　明师傅，您挑一张画儿吧！

明师傅　啊？我要画儿干吗呢？

方　六　这可画的不错！六大山人、董弱梅画的！

明师傅　画的天好，当不了饭吃啊！

方　六　他把画儿交给我的时候，直掉眼泪！

明师傅　我把家伙交给你的时候，也直掉眼泪！

方　六　谁掉眼泪，谁吃炖肉，我都知道！要不怎么我累心呢！你当是干我们这一行，专凭打打小鼓就行哪？

明师傅　六爷，人总有颗人心哪，你还能坑老朋友吗？

方　六　一共不是才两桌家伙吗？小事儿，别再提啦，再提就好像不大懂交情了!

〔车当当敲着两块洋钱,进来。

车当当　谁买两块? 买两块吧? 天师,照顾照顾? (小唐铁嘴不语)

王利发　当当! 别处转转吧,我连现洋什么模样都忘了!

车当当　那,你老人家就细细看看吧! 白看,不用买票! (往桌上扔钱)

〔庞四奶奶进来,带着春梅。庞四奶奶的手上戴满各种戒指,打扮得像个女妖精。卖杂货的老杨跟进来。

小唐铁嘴　娘娘!

方　六

车当当　　娘娘!

庞四奶奶　天师!

小唐铁嘴　侍候娘娘! (让庞四奶奶坐,给她倒茶)

庞四奶奶　(看车当当要出去) 当当,你等等!

车当当　嗻!

老　杨　(打开货箱) 娘娘,看看吧!

庞四奶奶　唱唱那套词儿,还倒怪有个意思!

老　杨　是! 美国针、美国线、美国牙膏、美国消炎片。还有口红、雪花膏、玻璃袜子细毛线。箱子小,货物全,就是不卖原子弹!

庞四奶奶　哈哈哈! (挑了两双袜子) 春梅,拿着! 当当,你跟老杨算账吧!

车当当　娘娘,别那么办哪!

庞四奶奶　我给你拿的本钱,利滚利,你欠我多少啦? 天师,查账!

小唐铁嘴　是! (掏小本)

车当当　天师,你甭操心,我跟老杨算去!

老　杨　娘娘,您行好吧! 他能给我钱吗?

庞四奶奶　老杨，他坑不了你，都有我呢！

老　杨　是！（向众）还有哪位照顾照顾？（又要唱）美国针……

庞四奶奶　听够了！走！

老　杨　是！美国针、美国线，我要不走是混蛋！走，当当！（同车当当下）

方　六　（过来）娘娘，我得到一堂景泰蓝的五供儿，东西老，地道，也便宜，坛上用顶体面，您看看吧？

庞四奶奶　请皇上看看吧！

方　六　是！皇上不是快登基了吗？我先给您道喜！我马上取去，送到坛上！娘娘多给美言几句，我必有份人心！（往外走）

明师傅　六爷，我的事呢？！

方　六　你先给我看着那几张画！（下）

明师傅　你等等！坑我两桌家伙，我还有把切菜刀呢！（追下）

庞四奶奶　王掌柜，康妈妈在这儿哪？请她出来！

小唐铁嘴　我去！（跑到后门）康老太太，您来一下！

王利发　什么事？

小唐铁嘴　朝廷大事！

〔康顺子上。

康顺子　干什么呀？

庞四奶奶　（迎上去）婆母！我是您的四侄媳妇，来接您，快坐下吧！（拉康顺子坐下）

康顺子　四侄媳妇？

庞四奶奶　是呀，您离开庞家的时候，我还没过门哪。

康顺子　我跟庞家一刀两断啦，找我干吗？

庞四奶奶　您的四侄子海顺呀，是三皇道的大坛主，国民党的大党员，又是沈处长的把兄弟，快作皇上啦，您不喜欢吗？

康顺子　快作皇上？

庞四奶奶　啊！龙袍都作好啦，就快在西山登基！

康顺子　在西山？

小唐铁嘴　老太太，西山一带有八路军。庞四爷在那一带登基，消灭八路，南京能够不愿意吗？

庞四奶奶　四爷呀都好，近来可是有点贪酒好色。他已经弄了好几个小老婆！

小唐铁嘴　娘娘，三宫六院七十二嫔妃，可有书可查呀！

庞四奶奶　你不是娘娘，怎么知道娘娘的委屈！老太太，我是这么想：您要是跟我一条心，我叫您作老太后，咱们俩一齐管着皇上，我这个娘娘不就好作一点了吗？老太太，您跟我去，吃好的喝好的，兜儿里老带着那么几块当当响的洋钱，够多么好啊！

康顺子　我要是不跟你去呢？

庞四奶奶　啊？不去？（要翻脸）

小唐铁嘴　让老太太想想，想想！

康顺子　用不着想，我不会再跟庞家的人打交道！四媳妇，你作你的娘娘，我作我的苦老婆子，谁也别管谁！刚才你要瞪眼睛，你当我怕你吗？我在外边也混了这么多年，磨练出来点了，谁跟我瞪眼，我会伸手打！（立起，往后走）

小唐铁嘴　老太太！老太太！

康顺子　（立住，转身对小唐铁嘴）你呀，小伙子，挺起腰板来，去挣碗干净饭吃，不好吗？（下）

庞四奶奶　（移怒于王利发）王掌柜，过来！你去跟那个老婆子说说，说好了，我送给你一袋子白面！说不好，我砸了你的茶馆！天师，走！

小唐铁嘴　王掌柜，我晚上还来，听你的回话！

王利发　万一我下半天就死了呢？

庞四奶奶　呸！你还不该死吗？（与小唐铁嘴，春梅同下）

王利发　哼！

邹福远　师弟，你看这算哪一出？哈哈哈！

卫福喜　我会二百多出戏，就是不懂这一出！你知道那个娘儿们的出身吗？

邹福远　我还能不知道！东霸天的女儿，在娘家就生过……得，别细说，我看这群混蛋却有点回光返照，长不了！

〔王大拴回来。

王利发　看着点,老大。我到后面商量点事!(下)

小二德子　(在外边大吼一声)闪开了!(进来)大栓哥,沏壶顶好的,我有钱!(掏出四块现洋,一块一块地放下)给算算,刚才花了一块,这儿还有四块,五毛打一个,我一共打了几个?

王大拴　十个。

小二德子　(用手指算)对!前天四个,昨天六个,可不是十个!大拴哥,你拿两块吧!没钱,我白喝你的茶;有钱,就给你!你拿吧!(吹一块,放在耳旁听听)这块好,就一块当两块吧,给你!

王大拴　(没接钱)小二德子,什么生意这么好啊?现大洋不容易看到啊!

小二德子　念书去了!

王大拴　把"一"字都念成扁担,你念什么书啊?

小二德子　(拿起桌上的壶来,对着壶嘴喝了一气,低声说)市党部派我去的,法政学院。没当过这么美的差事,太美,太过瘾!比在天桥好的多!打一个学生,五毛现洋!昨天揍了几个来着?

王大拴　六个。

小二德子　对!里边还有两个女学生!一拳一拳地下去,太美,太过瘾!大拴哥,你摸摸,摸摸!(伸臂)铁筋洋灰的!用这个揍男女学生,你想想,美不美?

王大拴　他们就那么老实,乖乖地叫你打?

小二德子　我专找老实的打呀!你当我是傻子哪?

王大拴　小二德子,听我说,打人不对!

小二德子　可也难说!你看教党义的那个教务长,上课先把手枪拍在桌上,我不过抡抡拳头,没动手枪啊!

王大拴　什么教务长啊，流氓！

小二德子　对！流氓！不对，那我也是流氓喽！大拴哥，你怎么绕着脖子骂我呢？大拴哥，你有骨头！不怕我这铁筋洋灰的胳臂！

王大拴　你就是把我打死，我不服你还是不服你，不是吗？

小二德子　喝，这么绕脖子的话，你怎么想出来的？大拴哥，你应当去教党义，你有文才！好啦，反正今天我不再打学生！

王大拴　干吗光是今天不打？永远不打才对！

小二德子　不是今天我另有差事吗？

王大拴　什么差事？

小二德子　今天打教员！

王大拴　干吗打教员？打学生就不对，还打教员？

小二德子　上边怎么交派，我怎么干！他们说，教员要罢课。罢课就是不老实，不老实就得揍！他们叫我上这儿等着，看见教员就揍！

邹福远　（嗅出危险）师弟，咱们走吧！

卫福喜　走！（同邹福远下）

小二德子　大拴哥，你拿着这块钱吧！

王大拴　打女学生的钱，我不要！

小二德子　（另拿一块）换换，这块是打男学生的，行了吧？（看王大拴还是摇头）这么办，你替我看着点。我出去买点好吃的，请请你，活着还不为吃点喝点老三点吗？（收起现洋，下）

〔康顺子提着小包出来。王利发与周秀花跟着。

康顺子　王掌柜，你要是改了主意，不让我走，我还可以不走！

王利发　我……

周秀花　庞四奶奶也未必敢砸茶馆！

王利发　你怎么知道？三皇道是好惹的？

康顺子　我顶不放心的还是大力的事!只要一走漏了消息,大家全完!那比砸茶馆更厉害!

王大拴　大婶,走!我送您去!爸爸,我送送她老人家,可以吧?

王利发　嗯——

周秀花　大婶在这儿受了多少年的苦,帮了咱们多少忙,还不应当送送?

王利发　我并没说不叫他送!送!送!

王大拴　大婶,等等,我拿件衣服去。(下)

周秀花　爸,您怎么啦?

王利发　别再问我什么,我心里乱!一辈子没这么乱过!媳妇,你先陪大婶走,我叫老大追你们!大婶,外边不行啊,就还回来!

周秀花　老太太,这儿永远是您的家!

王利发　可谁知道也许……

康顺子　我也不会忘了你们!老掌柜,你硬硬朗朗的吧!(同周秀花下)

王利发　（送了两步，立住）硬硬朗朗的干什么呢？
　　　　〔谢勇仁和于厚斋进来。
谢勇仁　（看看墙上，先把茶钱放在桌上）老人家，沏一壶来。（坐）
王利发　（先收钱）好吧。
于厚斋　勇仁，这恐怕是咱们末一次坐茶馆了吧？
谢勇仁　以后我倒许常来。我决定改行，去蹬三轮儿！
于厚斋　蹬三轮一定比当小学教员强！
谢勇仁　我偏偏教体育，我饿，学生们饿，还要运动，不是笑话吗？
　　　　〔王小花跑进来。
王利发　小花，怎这么早就下了学呢？
王小花　老师们罢课啦！（看见于厚斋、谢勇仁）于老师，谢老师！你们都没上学去，不教我们啦？还教我们吧！见不着老师，同学们都哭啦！我们开了个会，商量好，以后一定都守规矩，不招老师们生气！
于厚斋　小花！老师们也不愿意耽误了你们的功课。可是，吃不上饭，怎么教书呢？我们家里也有孩子，为教别人的孩子，叫自己的孩子挨饿，不是不公道吗？好孩子，别着急，喝完茶，我们开会去，也许能够想出点办法来！
谢勇仁　好好在家温书，别乱跑去，小花！
　　　　〔王大拴由后面出来，夹着个小包。
王小花　爸，这是我的两位老师！
王大拴　老师们，快走！他们埋伏下了打手！
王利发　谁？
王大拴　小二德子！他刚出去，就回来！
王利发　二位先生，茶钱退回，（递钱）请吧！快！
王大拴　随我来！

〔小二德子上。

小二德子　街上有游行的,他妈的什么也买不着!大拴哥,你上哪儿?这俩是谁?

王大拴　喝茶的!(同于厚斋、谢勇仁往外走)

小二德子　站住!(三人还走)怎么?不听话?先揍了再说!

王利发　小二德子!

小二德子　(拳已出去)尝尝这个!

谢勇仁　(上面一个嘴巴,下面一脚)尝尝这个!

小二德子　哎哟!(倒下)

王小花　该!该!

谢勇仁　起来,再打!

小二德子　(起来,捂着脸)喝!喝!(往后退)喝!

王大拴　快走!(扯二人下)

小二德子　(迁怒)老掌柜,你等着吧,你放走了他们,待会儿我跟你算账!打不了他们,还打不了你这个糟老头子吗?(下)

王小花　爷爷,爷爷!小二德子追老师们去了吧?那可怎么好!

王利发　他不敢!这路人我见多了,都是软的欺,硬的怕!

王小花　他要是回来打您呢?

王利发　我?爷爷会说好话呀。

王小花　爸爸干什么去了?

王利发　出去一会儿,你甭管!上后边温书去吧,乖!

王小花　老师们可别吃了亏呀,我真不放心!(下)

〔丁宝跑进来。

丁　宝　老掌柜,老掌柜!告诉你点事!

王利发　说吧,姑娘!

丁　宝　小刘麻子呀,没安着好心,他要霸占这个茶馆!

王利发　怎么霸占？这个破茶馆还值得他们霸占？

丁　宝　待会儿他们就来，我没工夫细说，你打个主意吧！

王利发　姑娘，我谢谢你！

丁　宝　我好心好意来告诉你，你可不能卖了我呀！

王利发　姑娘，我还没老胡涂了！放心吧！

丁　宝　好！待会儿见！（下）

〔周秀花回来。

周秀花　爸，他们走啦。

王利发　好！

周秀花　小花的爸说，叫您放心，他送到了地方就回来。

王利发　回来不回来都随他的便吧！

周秀花　爸，您怎么啦？干吗这么不高兴？

王利发　没事！没事！看小花去吧。她不是想吃热汤面吗？要是还有点面的话，给她作一碗吧，孩子怪可怜的，什么也吃不着！

周秀花　一点白面也没有！我看看去，给她作点杂合面疙疸汤吧！（下）

〔小唐铁嘴回来。

小唐铁嘴　王掌柜，说好了吗？

王利发　晚上，晚上一定给你回话！

小唐铁嘴　王掌柜，你说我爸爸白喝了一辈子的茶，我送你几句救命的话，算是替他还账吧。告诉你，三皇道现在比日本人在这儿的时候更厉害，砸你的茶馆比砸个砂锅还容易！你别太大意了！

王利发　我知道！你既买我的好，又好去对娘娘表表功！是吧？

〔小宋恩子和小吴祥子进来，都穿着新洋服。

小唐铁嘴　二位，今天可够忙的？

小宋恩子　忙得厉害！教员们大暴动！

王利发　二位，"罢课"改了名儿，叫"暴动"啦？

小唐铁嘴　怎么啦？

小吴祥子　他们还能反到天上去吗？到现在为止，已经抓了一百多，打了七十几个，叫他们反吧！

小宋恩子　太不知好歹！他们老老实实的，美国会送来大米、白面嘛！

小唐铁嘴　就是！二位，有大米、白面，可别忘了我！以后，给大家的坟地看风水，我一定尽义务！好！二位忙吧！（下）

小吴祥子　你刚才问，"罢课"改叫"暴动"啦？王掌柜！

王利发　岁数大了，不懂新事，问问！

小宋恩子　哼！你就跟他们是一路货！

王利发　我？您太高抬我啦！

小吴祥子　我们忙，没工夫跟你费话，说干脆的吧！

王利发　什么干脆的？

小宋恩子　教员们暴动，必有主使的人！

王利发　谁？

小吴祥子　昨天晚上谁上这儿来啦？

王利发　康大力！

小宋恩子　就是他！你把他交出来吧！

王利发　我要是知道他是哪路人，还能够随便说出来吗？我跟你们的爸爸打交道多少年，还不懂这点道理？

小吴祥子　甭跟我们拍老腔，说真的吧！

王利发　交人，还是拿钱，对吧？

小宋恩子　你真是我爸爸教出来的！对啦，要是不交人，就把你的金条拿出来！别的铺子都随开随倒，你可混了这么多年，必定有点底！

〔小二德子匆匆跑来。

小二德子　快走！街上的人不够用啦！快走！

小吴祥子　你小子管干吗的？

小二德子　我没闲着，看，脸都肿啦！

小宋恩子　掌柜的，我们马上回来，你打主意吧！

王利发　不怕我跑了吗？

小吴祥子　老梆子，你真逗气儿！你跑到阴间去，我们也会把你抓回来！（打了王利发一掌，同小宋恩子、小二德子下）

王利发　（向后叫）小花！小花的妈！

周秀花　（同王小花跑出来）我都听见了！怎么办？

王利发　快走！追上康妈妈！快！

王小花　我拿书包去！（下）

周秀花　拿上两件衣裳，小花！爸，剩您一个人怎么办？

王利发　这是我的茶馆，我活在这儿，死在这儿！

〔王小花挎着书包，夹着点东西跑回来。

周秀花　爸爸！

王小花　爷爷！

王利发　都别难过，走（从怀中掏出所有的钱和一张旧相片）媳妇，拿着这点钱，小花，拿着这个，老裕泰三十年前的相片，交给你爸爸！走吧！

〔小刘麻子同丁宝回来。

小刘麻子　小花，教员罢课，你住姥姥家去呀？

王小花　对啦！

王利发　（假意地）媳妇，早点回来！

周秀花　爸，我们住两天就回来！（同王小花下）

小刘麻子　王掌柜，好消息！沈处长批准了我的计划！

王利发　大喜，大喜！

小刘麻子　您也大喜，处长也批准修理这个茶馆！我一说，处长说好！他呀老把"好"说成"蒿"，特别有个洋味儿！

王利发　都是怎么一回事？

小刘麻子　从此你算省心了！这儿全属我管啦，你搬出去！我先跟你说好了，省得以后你麻烦我！

王利发　那不能！凑巧，我正想搬家呢。

丁　宝　小刘，老掌柜在这儿多少年啦，你就不照顾他一点吗？

小刘麻子　看吧！我办事永远厚道！王掌柜，我接处长去，叫他看

　　　　　看这个地方。你把这儿好好收拾一下！小丁宝，你把小心眼找来，迎接处长！带点香水，好好喷一气，这里臭哄哄的！走！（同丁宝下）

王利发　好！真好！太好！哈哈哈！

　　　　　〔常四爷提着小筐进来，筐里有些纸钱和花生米。他虽年过七十，可是腰板还不太弯。

常四爷　什么事这么好哇，老朋友！

王利发　哎哟！常四哥！我正想找你这么一个人说说话儿呢！我沏一壶顶好的茶来，咱们喝喝！（去沏茶）

　　　　　〔秦仲义进来。他老的不像样子了，衣服也破旧不堪。

秦仲义　王掌柜在吗？

常四爷　在！您是……

秦仲义　我姓秦。

常四爷　秦二爷。

王利发　（端茶来）谁？秦二爷？正想去告诉您一声，这儿要大改良！坐！坐！

常四爷　我这儿有点花生米，（抓）喝茶吃花生米，这可真是个乐子！

秦仲义　可是谁嚼得动呢？

王利发　看多么邪门，好容易有了花生米，可全嚼不动！多么可笑！怎样啊？秦二爷！（都坐下）

秦仲义　别人都不理我啦，我来跟你说说：我到天津去了一趟，看看我的工厂！

王利发　不是没收了吗？又物归原主啦？这可是喜事！

秦仲义　拆了！

常四爷　拆了？

王利发

秦仲义　拆了！我四十年的心血啊，拆了！别人不知道，王掌柜你知道：我从二十多岁起，就主张实业救国。到而今……抢去我的工厂，好，我的势力小，干不过他们！可倒好好地办哪，那是富国裕民的事业呀！结果，拆了，机器都当碎铜烂铁卖了！全世界，全世界找得到这样的政府找不到？我问你！

王利发　当初，我开的好好的公寓，您非盖仓库不可。看，仓库查封，货物全叫他们偷光！当初，我劝您别把财产都出手，您非都卖了开工厂不可！

常四爷　还记得吧？当初，我给那个卖小妞的小媳妇一碗面吃，您还说风凉话呢。

秦仲义　现在我明白了！王掌柜，求你一件事吧：（掏出一二机器小零件和一支钢笔管来）工厂拆平了，这是我由那儿捡来的小东西。这支笔上刻着我的名字呢，它知道，我用它签过多少张支票，写过多少计划书。我把它们交给你，没事的时候，你可以跟喝茶的人们当个笑话谈谈，你说呀：当初有那么一个不知好歹的秦某人，爱办实业。办了几十年，临完他只由工厂的土堆里捡回来这么点小东西！你应当劝告大家，有钱哪，就该吃喝嫖赌，胡作非为，可千万别干好事！告诉他们哪，秦某人七十多岁了才明白这点大道理！他是天生来的笨蛋！

王利发　您自己拿着这支笔吧，我马上就搬家啦！

常四爷　搬到哪儿去？

王利发　哪儿不一样呢！秦二爷，常四爷，我跟你们不一样，二爷财大业大心胸大，树大可就招风啊！四爷你，一辈子不服软，敢作敢当，专打抱不平。我呢，作了一辈子顺民，见谁都请安、鞠躬、作揖。我只盼着呀，孩子们有出息，冻不着，饿不着,没灾没病!可是,日本人在这儿,二拴子逃跑啦,老婆想儿子想死啦!好容易,日本人走啦,该缓一口气了吧?谁知道,(惨笑)哈哈,哈哈,哈哈!

常四爷　我也不比你强啊!自食其力,凭良心干了一辈子啊,我一事无成!七十多了,只落得卖花生米!个人算什么呢,我盼哪,盼哪,只盼国家像个样儿,不受外国人欺侮。可是……哈哈!

秦仲义　日本人在这儿,说什么合作,把我的工厂就合作过去了。咱们的政府回来了,工厂也不怎么又变成了逆产。仓库里(指后边)有多少货呀,全完!

王利发　改良,我老没忘了改良,总不肯落在人家后头。卖茶不行啊,开公寓。公寓没啦,添评书!评书也不叫座儿呀,好,不怕丢人,想添女招待!人总得活着吧?我变尽了方法,不过是为活下去!是呀,该贿赂的,我就递包袱。我可没作过缺德的事,伤天害理的事,为什么就不叫我活着呢?我得罪了谁?谁?皇上,娘娘那些狗男女都活得有滋有味的,单不许我吃窝窝头,谁出的主意?

常四爷　盼哪,盼哪,只盼谁都讲理,谁也不欺侮谁!可是,眼看着老朋友们一个个的不是饿死,就是叫人家杀了,我呀就是有眼泪也流不出来喽!松二爷,我的朋友,饿死啦,连棺材还是我给他化缘化来的!他还有我这么个朋友,给他化了一口四块板的棺材;我自己呢?我爱咱们的国呀,可是谁爱我呢?看,(从筐中拿出些纸钱)遇见出殡的,我就捡几张纸钱。没有寿衣,没有棺材,我只好给自己预备下点纸钱吧,哈哈,哈哈!

秦仲义　四爷,让咱们祭奠祭奠自己,把纸钱撒起来,算咱们三个老头子的吧!

王利发　对!四爷,照老年间出殡的规矩,喊喊!

常四爷　(立起,喊)四角儿的跟夫,本家赏钱一百二十吊!(撒起几张纸钱)

秦仲义
王利发　一百二十吊!

秦仲义　(一手拉住一个)我没的说了,再见吧!(下)

王利发　再见!

常四爷　再喝你一碗!(一饮而尽)再见!(下)

王利发　再见!

〔丁宝与小心眼进来。

丁　宝　他们来啦,老大爷!(往屋中喷香水)

王利发　好,他们来,我躲开!(捡起纸钱,往后边走)

小心眼　老大爷,干吗撒纸钱呢?

王利发　谁知道!(下)

〔小刘麻子进来。

小刘麻子　来啦!一边一个站好!

〔丁宝、小心眼分左右在门内立好。

〔门外有汽车停住声,先进来两个宪兵。沈处长进来,穿军便服;高靴,带马刺;手执小鞭。后面跟着二宪兵。

沈处长　(检阅似的,看丁宝、小心眼,看完一个说一声)好(蒿)!

〔丁宝摆上一把椅子,请沈处长坐。

小刘麻子　报告处长,老裕泰开了六十多年,九城闻名,地点也好,借着这个老字号,作我们的一个据点,一定成功!我打算照旧卖茶,派(指)小丁宝和小心眼作招待。有我在这儿监视着三教九流,各色人等,一定能够得到大量的情报!

茶馆 ‖ 茶馆·柳家大院
Tea House & Liu Family Courtyard

沈处长　好（蒿）！

　　　　〔丁宝由宪兵手里接过骆驼牌烟，上前献烟；小心眼接过打火机，点烟。

小刘麻子　后面原来是仓库，货物已由处长都处理了，现在空着。我打算修理一下，中间作小舞厅，两旁布置几间卧室，都带卫生设备。处长清闲的时候，可以来跳跳舞，玩玩牌，喝喝咖啡。天晚了，高兴住下，您就住下。这就算是处长个人的小俱乐部，由我管理，一定要比公馆里更洒脱一点，方便一点，热闹一点！

沈处长　好（蒿）！

丁　宝　处长，我可以请示一下吗？

沈处长　好（蒿）！

丁　宝　这儿的老掌柜怪可怜的。好不好给他作一身制服，叫他看看门，招呼贵宾们上下汽车？他在这儿几十年了，谁都认识他，简直可以算是老头儿商标！

沈处长　好（蒿）！传！

小刘麻子　是！（往后跑）王掌柜！老掌柜！我爸爸的老朋友，老大爷！（入。过一会儿又跑回来）报告处长，他也不是怎么上了吊，吊死啦！

沈处长　好（蒿）！好（蒿）！

——幕落·全剧终

附 录

此剧幕与幕之间须留较长时间,以便人物换装,故拟由一人(也算剧中人)唱几句快板,使休息时间不显着过长,同时也可以略略介绍剧情。

第 一 幕 幕 前

(我)大傻杨,打竹板儿,一来来到大茶馆儿。
大茶馆,老裕泰,生意兴隆真不赖。
茶座多,真热闹,也有老来也有少;
有的说,有的唱,穿章打扮一人一个样;
有提笼,有架鸟,蛐蛐蝈蝈也都养的好;
有的吃,有的喝,没有钱的只好白瞧着。
爱下棋,(您)来两盘儿,赌一卖(碟)干炸丸子外洒胡椒盐儿。
讲排场,讲规矩,咳嗽一声都像唱大戏。
有一样,听我说:莫谈国事您得老记着。
哼!国家事(可)不好了,黄龙旗子一天倒比一天威风小。
文武官,有一宝,见着洋人赶快跑。
外国货,堆成山,外带贩卖鸦片烟。
最苦是,乡村里,没吃没穿逼得卖儿女。
官儿阔,百姓穷,朝中出了一个谭嗣同,
讲维新,主意高,还有那康有为和梁启超。
这件事,闹得凶,气得太后咬牙切齿直哼哼。
她要杀,她要砍,讲维新的都是要造反。
这些事,别多说,说着说着就许掉脑壳。
〔幕徐启。大傻杨入茶馆。
打竹板,迈大步,走进茶馆找主顾。

哪位爷,愿意听,《辕门斩子》来了穆桂英。

〔王利发来干涉。

王掌柜,大发财,金银元宝一齐来。

您有钱,我有嘴,数来宝的是穷鬼。(下)

第 二 幕　幕 前

打竹板,我又来,数来宝的还是没发财。

现而今,到民国,剪了小辫还是没有辙。

王掌柜,动脑筋,事事改良讲维新。

(低声)动脑筋,白费力,胳臂拧不过大腿去。

闹军阀,乱打仗,白脸的进去黑脸的上,

赵打钱,孙打李,赵钱孙李乱打一炮谁都不讲理。

为打仗,要枪炮,一堆一堆给洋人老爷送钞票。

为卖炮,为卖枪,帮助军阀你占黄河他占扬子江。

老百姓,遭了殃,大兵一到粮食牲口一扫光。

王掌柜,会改良,茶馆好像大学堂,

后边住,大学生,说话文明真好听。

就怕呀,兵野蛮,进来几个茶馆就玩完。

先别说,丧气话,给他道喜是个好办法。

他开张,我道喜,编点新词我也了不起。(下)

(又上)老裕泰,大改良,万事亨通一天准比一天强。

〔王利发今天不打发,明天才开张哪。

明天好,明天妙,金银财宝齐来到。

〔炮响。

您开张,他开炮,明天准唱《叭蜡庙》。

〔王利发　　去你的吧!

〔傻杨下。

第三幕　幕前

树木老,叶儿稀,人老毛腰把头低。
甭说我,混不了,王掌柜的也过不好。
(他)钱也光,人也老,身上剩了一件破棉袄。自从那,日本兵,八年占据老北京。
人人苦,没法提,不死也掉一层皮。
好八路,得人心,一阵一阵杀退日本军。
盼星星,盼月亮,盼到胜利大家有希望。
(哼)国民党,进北京,横行霸道一点不让日本兵。
王掌柜,委屈多,跟我一样半死半活着。
老茶馆,破又烂,想尽法子也没法办。
天可怜,地可怜,就是官老爷有洋钱。(下)

〔王掌柜死后,傻杨再上,见小丁宝正在落泪。
小姑娘,别这样,黑到头儿天会亮。
小姑娘,别发愁,西山的泉水向东流。
苦水去,甜水来,谁也不再作奴才。

断魂枪

老舍

沙子龙的镖局已改成客栈。

东方的大梦没法子不醒了。炮声压下去马来与印度野林中的虎啸。半醒的人们，揉着眼，祷告着祖先与神灵；不大会儿，失去了国土、自由与主权。门外立着不同面色的人，枪口还热着。他们的长矛毒弩，花蛇斑彩的厚盾，都有什么用呢；连祖先与祖先所信的神明全不灵了啊！龙旗的中国也不再神秘，有了火车呀，穿坟过墓破坏着风水。枣红色多穗的镖旗，绿鲨皮鞘的钢刀，响着串铃的口马①，江湖上的智慧与黑话，义气与声名，连沙子龙，他的武艺、事业，都梦似的变成昨夜的。今天是火车、快枪，通商与恐怖。听说，有人还要杀下皇帝的头呢！

这是走镖已没有饭吃，而国术还没被革命党与教育家提倡起来的时候。

谁不晓得沙子龙是短瘦、利落、硬棒，两眼明得像霜夜的大星？可是，现在他身上放了肉。镖局改了客栈，他自己在后小院占着三间北房，大枪立在墙角，院子里有几只楼鸽。只是在夜间，他把小院的门关好，熟习熟习他的"五虎断魂枪"。这条枪与这套枪法，二十年的工夫，在西北一带，给他创出来："神枪沙子龙"五个字，没遇见过敌手。现在，这条枪与这套枪不会再替他增光显胜了；只是摸摸这凉、滑、硬而发颤的杆子，使他心中少难过一些而已。只有在夜间独自拿起枪来，才能相信自己还是"神枪沙"。在白天，他不大谈武艺与往事。他的世界已被狂风吹了走。

在他手下创练起来的少年们还时常来找他。他们大多数是没落子的，都有点武艺，可是没地方去用。有的在庙会上去卖艺：踢两趟腿，练套家伙，翻几个跟头，附带着卖点大力丸，混个三吊两吊的。有的实在闲不起了，去弄筐果子，或挑些毛豆角，赶早儿在街上论斤吆喝

---

①口马：指张家口外的马匹。

出去。那时候，米贱肉贱，肯卖膀子力气本来可以混个肚儿圆；他们可是不成：肚量既大，而且得吃口当事儿的①；干饽饽辣饼子②咽不下去。况且他们还时常去走会：五虎棍，开路，太狮少狮……虽然算不了什么——比起走镖来——可是到底有个机会活动活动，露露脸。是的，走会捧场是买脸的事，他们打扮的得像个样儿，至少得有条青洋绉裤子，新漂白细市布的小褂，和一双鱼鳞洒鞋——顶好是青缎子抓地虎靴子。他们是神枪沙子龙的徒弟——虽然沙子龙并不承认——得到处露脸，走会得赔上俩钱，说不定还得打场架。没钱，上沙老师那里去求。沙老师不含糊，多少不拘，不让他们空着手儿走。可是，为打架或献技去讨教一个招数，或是请给说个"对子"——什么空手夺刀，或虎头钩进枪——沙老师有时说句笑话，马虎过去："教什么？拿开水浇吧！"有时直接把他们赶出去。他们不大明白沙老师是怎么了，心中也有点不乐意。

可是，他们到处为沙老师吹腾，一来是愿意使人知道他们的武艺有真传授，受过高人的指教；二来是为激动沙老师：万一有人不服气而找上老师来，老师难道还不露一两手真的么？所以：沙老师一拳就砸倒了个牛！沙老师一脚把人踢到房上去，并没使多大的劲！他们谁也没见过这种事，但是说着说着，他们相信这是真的了，有年月，有地方，千真万确，敢起誓！

王三胜——沙子龙的大伙计——在土地庙拉开了场子，摆好了家伙。抹了一鼻子茶叶末儿色的鼻烟，他抡了几下竹节钢鞭，把场子打大一些。放下鞭，没向四围作揖，叉着腰念了两句："脚踢天下好汉，拳打五路英雄！"向四围扫了一眼："乡亲们，王三胜不是卖艺的；玩意儿会几套，西北路上走过镖，会过绿林上的朋友。现在闲着

---

① 当事儿的：有营养，吃不了到不久又饿的。
② 辣饼子：剩下的隔夜干粮。

没事，拉个场子陪诸位玩玩。有爱练的尽管下来，王三胜以武会友，有赏脸的，我陪着。神枪沙子龙是我的师傅；玩意地道！诸位，有愿下来的没有？"他看着，准知道没人敢下来，他的话硬，可是那条钢鞭更硬，十八斤重。

王三胜，大个子，一脸横肉，努着对大黑眼珠，看着四围。大家不出声。他脱了小褂，紧了紧深月白色的"腰里硬"，把肚子杀进去。给手心一口唾沫，抄起大刀来：

"诸位，王三胜先练趟瞧瞧。不白练，练完了，带着的扔几个；没钱，给喊个好，助助威。这儿没生意口。好，上眼①！"

大刀靠了身，眼珠努出多高，脸上绷紧，胸脯子鼓出，像两块老桦木根子。一跺脚，刀横起，大红缨子在肩前摆动。削砍劈拨，蹲越闪转，手起风生，忽忽直响。忽然刀在右手心上旋转，身弯下去，四围鸦雀无声，只有缨铃轻叫。刀顺过来，猛的一个"跺泥"，身子直挺，比众人高着一头，黑塔似的。收了势："诸位！"一手持刀，一手叉腰，看着四围。稀稀的扔下几个铜钱，他点点头。"诸位！"他等着，等着，地上依旧是那几个亮而削薄的铜钱，外层的人偷偷散去。他咽了口气："没人懂！"他低声的说，可是大家全听见了。

"有功夫！"西北角上一个黄胡子老头儿答了话。

"啊？"王三胜好似没听明白。

"我说：你——有——功——夫！"老头子的语气很不得人心。

放下大刀，王三胜随着大家的头往西北看。谁也没看重这个老人：小干巴个儿，披着件粗蓝布大衫，脸上窝窝瘪瘪，眼陷进去很深，嘴上几根细黄胡，肩上扛着条小黄草辫子，有筷子那么细，而绝对不像筷子那么直顺。王三胜可是看出这老家伙有功夫，脑门亮，眼睛亮——眼眶虽深，眼珠可黑得像两口小井，深深的闪着黑光。

---

①上眼：请观众注意看。

文学的 fragrance 味道

王三胜不怕：他看得出别人有功夫没有，可更相信自己的本事，他是沙子龙手下的大将。

"下来玩玩，大叔！"王三胜说得很得体。

点点头，老头儿往里走。这一走，四外全笑了。他的胳臂不大动；左脚往前迈，右脚随着拉上来，一步步的往前拉扯，身子整着①，像是患过瘫痪病。蹭到场中，把大衫扔在地上，一点没理会四围怎样笑他。

"神枪沙子龙的徒弟,你说?好,让你使枪吧;我呢?"老头子非常的干脆,很像久想动手。

人们全回来了,邻场耍狗熊的无论怎敲锣也不中用了。

"三截棍进枪吧?"王三胜要看老头子一手,三截棍不是随便就拿得起来的家伙。

老头子又点点头,拾起家伙来。

王三胜努着眼,抖着枪,脸上十分难看。

老头子的黑眼珠更深更小了,像两个香火头,随着面前的枪尖儿转,王三胜忽然觉得不舒服,那俩黑眼珠似乎要把枪尖吸进去!四外已围得风雨不透,大家都觉出老头子确是有威。为躲那对眼睛,王三胜耍了个枪花。老头子的黄胡子一动:"请!"王三胜一扣枪,向前躬步,枪尖奔了老头子的喉头去,枪缨打了一个红旋。老人的身子忽然活展了,将身微偏,让过枪尖,前把一挂,后把撩王三胜的手。拍,拍,两响,王三胜的枪撒了手。场外叫了好。王三胜连脸带胸口全紫了,抄起枪来;一个花子,连枪带人滚了过来,枪尖奔了老人的中部。老头子的眼亮得发着黑光;腿轻轻一屈,下把掩裆,上把打着刚要抽回的枪杆;啪,枪又落在地上。

场外又是一片彩声。王三胜流了汗,不再去拾枪,努着眼,木在那里。老头子扔下家伙,拾起大衫,还是拉拉着腿,可是走得很快了。大衫搭在臂上,他过来拍了王三胜一下:"还得练哪,伙计!"

"别走!"王三胜擦着汗:"你不离,姓王的服了!可有一样,你敢会会沙老师?"

"就是为会他才来的!"老头子的干巴脸上皱起点来,似乎是笑呢。"走,收了吧,晚饭我请!"

王三胜把兵器拢在一处,寄放在变戏法二麻子那里,陪着老头

---

①身子整着:两臂不动,身体僵硬地走路。

子往庙外走。后面跟着不少人,他把他们骂散。

"你老贵姓?"他问。

"姓孙哪,"老头子的话与人一样,都那么干巴。"爱练,久想会会沙子龙。"

沙子龙不把你打扁了!王三胜心里说。他脚底下加了劲,可是没把孙老头落下。他看出来,老头子的腿是老走着查拳门中的连跳步,交起手来,必定很快。但是,无论他怎么快,沙子龙是没对手的。准知道孙老头要吃亏,他心中痛快了些,放慢了些脚步。

"孙大叔贵处?"

"河间的,小地方。"孙老者也和气了些:"月棍年刀一辈子枪,不容易见功夫!说真的,你那两手就不坏!"

王三胜头上的汗又回来了,没言语。

到了客栈,他心中直跳,唯恐沙老师不在家,他急于报仇。他知道老师不爱管这种事,师弟们已碰过不少回钉子,可是他相信这回必定行,他是大伙计,不比那些毛孩子;再说,人家在庙会上点名叫阵,沙老师还能丢这个脸么?

"三胜,"沙子龙正在床上看着本《封神榜》,"有事吗?"

三胜的脸又紫了,嘴唇动着,说不出话来。

沙子龙坐起来,"怎了,三胜?"

"栽了跟头!"

只打了个不甚长的哈欠,沙老师没别的表示。

王三胜心中不平,但是不敢发作。他得激动老师:"姓孙的一个老头儿,门外等着老师呢;把我的枪,枪,打掉了两次!"他知道"枪"字在老师心中有多大分量。没等吩咐,他慌忙跑出去。

客人进来,沙子龙在外间屋等着呢。彼此拱手坐下,他叫三胜去泡茶。三胜希望两个老人立刻交了手,可是不能不沏茶去。孙老者没话讲,用深藏着的眼睛打量沙子龙。沙很客气:"要是三胜得罪了你,不用理他,年纪还轻。"

孙老者有些失望,可也看出沙子龙的精明。他不知怎样好了,不能拿一个人的精明断定他的武艺。"我来领教领教枪法!"他不由地说出来。

沙子龙没接碴儿。王三胜提着茶壶走进来——急于看二人动手,他没管水开了没有,就沏在壶中。

"三胜,"沙子龙拿起个茶碗来,"去找小顺们去,天汇见,陪孙老者吃饭。"

"什么!"王三胜的眼珠几乎掉出来。看了看沙老师的脸,他敢怒而不敢言地说了声"是啦!"走出去,撅着大嘴。

"教徒弟不易!"孙老者说。

"我没收过徒弟。走吧,这个水不开!茶馆去喝,喝饿了就吃。"沙子龙从桌子上拿起缎子褡裢,一头装着鼻烟壶,一头装着点钱,挂在腰带上。

"不,我还不饿!"孙老者很坚决,两个"不"字把小辫从肩上抡到后边去。

"说会子话儿。"

"我来为领教领教枪法。"

"功夫早搁下了,"沙子龙指着身上,"已经放了肉!"

"这么办也行,"孙老者深深的看了沙老师一眼:"不比武,教给我那趟五虎断魂枪。"

"五虎断魂枪?"沙子龙笑了:"早忘干净了!早忘干净了!告诉你,在我这儿住几天,咱们各处逛逛,临走,多少送点盘缠。"

"我不逛,也用不着钱,我来学艺!"孙老者立起来,"我练趟给你看看,看够得上学艺不够!"一屈腰已到了院中,把楼鸽都吓飞起去。拉开架子,他打了趟查拳:腿快,手飘洒,一个飞脚起去,小辫儿飘在空中,像从天上落下来一个风筝;快之中,每个架子都摆得

稳、准，利落；来回六趟，把院子满都打到，走得圆，接得紧，身子在一处，而精神贯串到四面八方。抱拳收势，身儿缩紧，好似满院乱飞的燕子忽然归了巢。

"好！好！"沙子龙在台阶上点着头喊。

"教给我那趟枪！"孙老者抱了抱拳。

沙子龙下了台阶，也抱着拳："孙老者，说真的吧；那条枪和那套枪都跟我入棺材，一齐入棺材！"

"不传？"

"不传！"

孙老者的胡子嘴动了半天，没说出什么来。到屋里抄起蓝布大衫，拉拉着腿："打搅了，再会！"

"吃过饭走！"沙子龙说。

孙老者没言语。

沙子龙把客人送到小门，然后回到屋中，对着墙角立着的大枪点了点头。

他独自上了天汇，怕是王三胜们在那里等着。他们都没有去。

王三胜和小顺们都不敢再到土地庙去卖艺，大家谁也不再为沙子龙吹胜。反之，他们说沙子龙栽了跟头，不敢和个老头儿动手；那个老头子一脚能踢死个牛。不要说王三胜输给他，沙子龙也不是他的对手。不过呢，王三胜到底和老头子见了个高低，而沙子龙连句硬话也没敢说。"神枪沙子龙"慢慢似乎被人们忘了。

夜静人稀，沙子龙关好了小门，一气把六十四枪刺下来；而后，挂着枪，望着天上的群星，想起当年在野店荒林的威风。叹一口气，用手指慢慢摸着凉滑的枪身，又微微一笑，"不传！不传！"

1935年

微神

清明已过了，大概是；海棠花不是都快开齐了吗？今年的节气自然是晚了一些，蝴蝶们还很弱；蜂儿可是一出世就那么挺拔，好像世界确是甜蜜可喜的。天上只有三四块不大也不笨重的白云，燕儿们给白云上钉小黑丁字玩呢。没有什么风，可是柳枝似乎故意地转摆，像逗弄着四外的绿意。田中的晴绿轻轻地上了小山，因为娇弱怕累得慌，似乎是，越高绿色越浅了些；山顶上还是些黄多于绿的纹缕呢。山腰中的树，就是不绿的也显出柔嫩来，山后的蓝天也是暖和的，不然，雁们为何唱着向那边排着队去呢？石凹藏着些怪害羞的三月兰，叶儿还赶不上花朵大。

　　小山的香味只能闭着眼吸取，省得劳神去找香气的来源，你看，连去年的落叶都怪好闻的。那边有几只小白山羊，叫的声儿恰巧使欣喜不至过度，因为有些悲意。偶尔走过一只来，没长犄角就留下须的小动物，向一块大石发了会儿楞，又颠颠着俏式的小尾巴跑了。

　　我在山坡上晒太阳，一点思念也没有，可是自然而然地从心中滴下些诗的珠子，滴在胸中的绿海上，没有声响，只有些波纹是走不到腮上便散了的微笑；可是始终也没成功一整句。一个诗的宇宙里，连我自己好似只是诗的什么地方的一个小符号。

　　越晒越轻松，我体会出蝶翅是怎样的欢欣。我搂着膝，和柳枝同一律动前后左右的微动，柳枝上每一黄绿的小叶都是听着春声的小耳勺儿。有时看看天空，啊，谢谢那块白云，它的边上还有个小燕呢，小得已经快和蓝天化在一处了，像万顷蓝光中的一粒黑痣，我的心灵像要往哪儿飞似的。

　　远处山坡的小道，像地图上绿的省分里一条黄线。往下看，一大片麦田，地势越来越低，似乎是由山坡上往那边流动呢，直到一片暗绿的松树把它截住,很希望松林那边是个海湾。及至我立起来,往更高处走了几步,看看,不是;那边是些看不甚清的树,树中有些低矮的村舍;一阵小风吹来极细的一声鸡叫。

春晴的远处鸡声有些悲惨,使我不晓得眼前一切是真还是虚,它是梦与真实中间的一道用声音作的金线;我顿时似乎看见了个血红的鸡冠;在心中,村舍中,或是哪儿,有只——希望是雪白的——公鸡。

我又坐下了;不,随便的躺下了。眼留着个小缝收取天上的蓝光,越看越深,越高;同时也往下落着光暖的蓝点,落在我那离心不远的眼睛上。不大一会儿;我便闭上了眼,看着心内的晴空与笑意。

我没睡去,我知道已离梦境不远,但是还听得清清楚楚小鸟的相唤与轻歌。说也奇怪,每逢到似睡非睡的时候,我才看见那块地方——不晓得一定是哪里,可是在入梦以前它老是那个样儿浮在眼前。就管它叫作梦的前方吧。

这块地方并没有多大,没有山,没有海。像一个花园,可又没有清楚的界限。差不多是个不甚规则的三角,三个尖端浸在流动的黑暗里。一角上——我永远先看见它——是一片金黄与大红的花,密密层层的;没有阳光,一片红黄的后面便全是黑暗,可是黑的背景使红黄更加深厚,就好像大黑瓶上画着红牡丹,深厚得至于使美中有一点点恐怖。黑暗的背景,我明白了,使红黄的一片抱住了自己的彩色,不向四外走射一点;况且没有阳光,彩色不飞入空中,而完全贴染在地上。我老先看见这块,一看见它,其余的便不看也会知道的,正好像一看见香山,准知道碧云寺在哪儿藏着呢。

其余的两角,左边是一个斜长的土坡,满盖着灰紫的野花,在不漂亮中有些深厚的力量,或者月光能使那灰的部分多一些银色而显出点诗的灵空;但是我不记得在哪儿有个小月亮。无论怎样,我也不厌恶它。不,我爱这个似乎被霜弄暗了的紫色,像年轻的母亲穿着暗紫长袍。右边的一角是最漂亮的,一个小草房,门前有一架细蔓的月季,满开着单纯的花,全是浅粉的。

设若我的眼由左向右转,灰紫、红黄、浅粉,像是由秋看到初春,时节倒流;生命不但不是由盛而衰,反倒是以玫瑰作香色双艳的结束。

三角的中间是一片绿草,深绿、软厚、微湿;每一短叶都向上挺着,似乎是听着远处的雨声。没有一点风,没有一个飞动的小虫;一个鬼艳的小世界,活着的只有颜色。

在真实的经验中,我没见过这么个境界。可是它永远存在,在我的梦前。英格兰的深绿,苏格兰的紫草小山,德国黑林的幽晦,或者是它的祖先们，但是谁准知道呢。从赤道附近的浓艳中减去阳光，也有点像它，但是它又没有虹样的蛇与五彩的禽，算了吧，反正我认识它。

我看见它多少多少次了。它和"山高月小，水落石出，"是我心中的一对画屏。可是我没到那个小房里去过。我不是被那些颜色吸引得不动一动，便是由它的草地上恍惚的走入另种色彩的梦境。它是我常遇到的朋友，彼此连姓名都晓得，只是没细细谈过心。我不晓得它的中心是什么颜色的，是含着一点什么神秘的音乐——真希望有点响动！

这次我决定了去探险。

一想到了月季花下，或也因为怕听我自己的足音？月季花对于我是有些端阳前后的暗示，我希望在哪儿贴着张深黄纸，印着个朱红的判官，在两束香艾的中间。没有。只在我心中听见了声"樱桃"的吆喝。这个地方是太静了。

小房子的门闭着。窗上门上都挡着牙白的帘儿，并没有花影，因为阳光不足。里边什么动静也没有，好像它是寂寞的发源地。轻轻地推开门，静寂与整洁双双地欢迎我进去，是，欢迎我；室中的一切是"人"的，假如外面景物是"鬼"的——希望我没用上过于强烈的字。

一大间，用幔帐截成一大一小的两间。幔帐也是牙白的，上面绣着些小蝴蝶。外间只有一条长案，一个小椭圆桌儿，一把椅子，全是暗草色的，没有油饰过。椅上的小垫是浅绿的，桌上有几本书。案上有一盆小松，两方古铜镜，锈色比小松浅些。内间有一个小床，罩着一块快垂到地上的绿毯。床首悬着一个小篮，有些快干的茉莉花。地上铺着一块长方的蒲垫，垫的旁边放着双绣白花的小绿拖鞋。

我的心跳起来了！我决不是入了济慈的复杂而光灿的诗境；平淡朴美是此处的音调，也决不是辜勒律芝的幻境，因为我认识那只绣着白花的小绿拖鞋。

爱情的故事永远是平凡的，正如春雨秋霜那样平凡。可是平凡的人们偏爱在这些平凡的事中找些诗意；那么，想必是世界上多数的事物是更缺乏色彩的；可怜的人们！希望我的故事也有些应有的趣味吧。

没有像那一回那么美的了。我说"那一回"，因为在那一天那一会儿的一切都是美的。她家中的那株海棠花正开成一个大粉白的雪球；沿墙的细竹刚拔出新笋；天上一片娇晴；她的父母都没在家；大白猫在花下酣睡。听见我来了，她像燕儿似的从帘下飞出来；没顾得换鞋，脚下一双小绿拖鞋像两片嫩绿的叶儿。她喜欢得像晨起的阳光，腮上的两片苹果比往常红着许多倍，似乎有两颗香红的心在脸上开了两个小井，溢着红润的胭脂泉。那时她还梳着长黑辫。

她父母在家的时候，她只能隔着窗儿望我一望，或是设法在我走去的时节，和我笑一笑。这一次，她就像一个小猫遇上了个好玩的伴儿；我一向不晓得她"能"这样的活泼。在一同往屋中走的工夫，她的肩挨上了我的。我们都才十七岁。我们都没说什么，可是四只眼彼此告诉我们是欣喜到万分。我最爱看她家壁上那张工笔百鸟朝凤；这次，我的眼匀不出工夫来。我看着那双小绿拖鞋；她往后收了收脚，连耳根儿都有点红了；可是仍然笑着。我想问她的功课，没问；想问新生的小猫有全白的没有，没问；心中的问题多了，只是口被一种什么力量给封起来，我知道她也是如此，因为看见她的白润的脖儿直微微地动，似乎要将些不相干的言语咽下去，而真值得一说的又不好意思说。

　　她在临窗的一个小红木凳上坐着,海棠花影在她半个脸上微动。有时候她微向窗外看看,大概是怕有人进来。及至看清了没人,她脸上的花影都被欢悦给浸渍得红艳了。她的两手交换着轻轻地摸小凳的沿,显着不耐烦,可是欢喜的不耐烦。最后,她深深地看了我一眼,极不愿意而又不得不说地说,"走吧!"我自己已忘了自己,只看见,不是听见,两个什么字由她的口中出来?可是在心的深处猜对那两个字的意思，因为我也有点那样的关切。我的心不愿动，我的脑知道非走不可。我的眼钉住了她的。她要低头，还没低下去，便又勇敢地抬起来，故意的，不怕的，羞而不肯的羞，迎着我的眼。直到不约而同地垂下头去，又不约而同地抬起来，又那么看。心似乎已碰着心。

我走，极慢的，她送我到帘外，眼上蒙了一层露水。我走到二门，回了回头，她已赶到海棠花下。我像一个羽毛似的飘荡出去。

以后，再没有这种机会。

有一次，她家中落了，并不使人十分悲伤的丧事。在灯光下我和她说了两句话。她穿着一身孝衣。手放在胸前，摆弄着孝衣的扣带。站得离我很近，几乎能彼此听得见脸上热力的激射，像雨后的禾谷那样带着声儿生长。可是，只说了两句极没有意思的话——口与舌的一些动作；我们的心并没管它们。

我们都二十二岁了，可是五四运动还没降生呢。男女的交际还不是普通的事。我毕业后便作了小学的校长，平生最大的光荣，因为她给了我一封贺信。信笺的末尾——印着一枝梅花——她注了一行：不要回信。我也就没敢写回信。可是我好像心中燃着一束火把，无所不尽其极地整顿学校。我拿办好了学校作给她的回信；她也在我的梦中给我鼓着得胜的掌——那一对连腕也是玉的手！

提婚是不能想的事。许多许多无意识而有力量的阻碍，像个专以力气自雄的恶虎，站在我们中间。

有一件足以自慰的，我那系着心的耳朵始终没听到她的定婚消息。还有件比这更好的事，我兼任了一个平民学校的校长，她担任着一点功课。我只希望能时时见到她，不求别的。她呢，她知道怎么躲避我——已经是个二十多岁的大姑娘。她失去了十七八岁时的天真与活泼，可是增加了女子的尊严与神秘。

又过了二年，我上了南洋。到她家辞行的那天，她恰巧没在家。

在外国的几年中，我无从打听她的消息。直接通信是不可能的。间接地探问，又不好意思。只好在梦里相会了。说也奇怪，我在梦中的女性永远是"她"。梦境的不同使我有时悲泣，有时狂喜；恋的幻境里也自有种味道。她，在我的梦中，还是十七岁时的样子：小圆脸，眉眼清秀中带着一点媚意。身量不高！处处都那么柔软，走路非常的轻巧。那一条长黑的发辫，造成最动心的一个背影。我也记得她梳起头来的样儿，但是我总梦见那带辫的背影。

回国后，自然先探听她的一切。一切消息都像谣言，她已作了暗娼！

就是这种刺心的消息，也没减少我的热情；不，我反倒更想见她，更想帮助她。我到她家去。已不在那里住，我只由墙外看见那株海棠树的一部分。房子早已卖掉了。

到底我找到她了。她已剪了发，向后梳拢着，在项部有个大绿梳子。穿着一件粉红长袍，袖子仅到肘部，那双臂，已不是那么活软的了。脸上的粉很厚，脑门和眼角都有些褶子。可是她还笑得很好看，虽然一点活泼的气象也没有了。设若把粉和油都去掉，她大概最好也只像个产后的病妇。她始终没正眼看我一次，虽然脸上并没有羞愧的样子，她也说也笑，只是心没在话与笑中，好像完全应酬我。我试着探问她些问题与经济状况，她不大愿意回答。她点着一枝香烟，烟很灵通的从鼻孔出来，她把左膝放在右膝上，仰着头看烟的升降变化，极无聊而又显着刚强，我的眼湿了，她不会看不见我的泪，可是她没有任何表示。她不住地看自己的手指甲，又轻轻地向后按头发，似乎她只是为它们活着呢。提到家中的人，她什么也没告

微神 ‖ 茶馆·柳家大院
Tea House & Liu Family Courtyard

诉我。我只好走吧。临出来的时候，我把住址告诉给她——深愿她求我，或是命令我，作点事。她似乎根本没往心里听，一笑，眼看看别处，没有往外送我的意思。她以为我是出去了，其实我是立在门口没动，这么着，她一回头，我们对了眼光。只是那么一擦似的她转过头去。

初恋是青春的第一朵花，不能随便掷弃。我托人给她送了点钱去，留下了，并没有回话。

朋友们看出我的悲苦来，眉头是最会出卖人的。她们善意的给我介绍女友，惨笑地摇首是我的回答。我得等着她。初恋像幼年的宝贝永远是最甜蜜的，不管那个宝贝是一个小布人，还是几块小石子。慢慢的，我开始和几个最知己的朋友谈论她，他们看在我的面上没说她什么，可是假装闹着玩似的暗刺我，他们看我太愚，也就是说她不配一恋。他们越这样，我越顽固。是她打开了我的爱的园门，我得和她走到山穷水尽。怜比爱少着些味道，可是更多着些人情。不久，我托友人向她说明，我愿意娶她。我自己没胆量去。友人回来，带回来她的几声狂笑。她没说别的，只狂笑了一阵。她是笑谁？笑我的愚，很好，多情的人不是每每有些傻气吗？这足以使人得意。笑她自己，那只是因为不好意思哭，过度的悲郁使人狂笑。

愚痴给我些力量，我决定自己去见她。要说的话都详细的编制好，演习了许多次，我告诉自己——只许胜，不许败。她没在家。又去了两次，都没见着。第四次去，屋门里停着小小的一口薄棺材，装着她。她是因打胎而死。

一篮最鲜的玫瑰，瓣上带着我心上的泪，放在她的灵前，结束了我的初恋，开始终生的虚空。为什么她落到这般光景？我不愿再打听。反正她在我心中永远不死。

我正呆看着那双小绿拖鞋,我觉得背后的幔帐动了一动。一回头,帐子上绣的小蝴蝶在她的头上飞动呢。她还是十七八岁时的模样,还是那么轻巧,像仙女飞降下来还没十分立稳那样立着。我往后退了一步,似乎是怕一往前凑就能把她吓跑。这一退的工夫,她变了,变成二十多岁的样子。她也往后退了,随退随着脸上加着皱纹。她狂笑起来。我坐在那个小床上。刚坐下,我又起来了,扑过她去,极快;她在这极短的时间内,又变回十七岁时的样子。在一秒钟里我看见她半生的变化,她像是不受时间的拘束。我坐在椅子上,她坐在我的怀中。我自己也恢复了十五六年前脸血的红色,我觉得出。我们就这样坐着,听着彼此心血的潮荡。不知有多么久。最后,我找到声音,唇贴着她的耳边,问:

"你独自住在这里?"

"我不住在这里;我住在这儿,"她指着我的心说。

"始终你没忘了我,那么?"我握紧了她的手。

"被别人吻的时候,我心中看着你!"

"可是你许别人吻你?"我并没有一点妒意。

"爱在心里,唇不会闲着;谁教你不来吻我呢?"

"我不是怕得罪你的父母吗?不是我上了南洋吗?"

她点了点头,可是"怕你失去一切,隔离使爱的心慌了。"

她告诉了我,她死前的光景。在我出国的那一年,她的母亲死去。她比较得自由了一些。出墙的花枝自会招来蜂蝶,有人便追求她,她还想念着我,可是肉体往往比爱少些忍耐力,爱的花不都是梅花。她接受了一个青年的爱,因为他长得像我。他非常地爱她,可是她还忘不了我,肉体的获得不就是爱的满足,相似的音貌不能代替爱的真形。他疑心了,她承认了她的心是在南洋。他们俩断绝了关系。这时候,她父亲的财产全丢了。她非嫁人不可。她把自己卖给一个阔家公子,为是供给她的父亲。

"你不会去教学挣钱?"我问。

"我只能教小学,那点薪水还不够父亲买烟吃的!"

我们俩都楞起来。我是想:假使我那时候回来,以我的经济能力说;能供给得起她的父亲吗?我还不是大睁白眼地看着她卖身?

"我把爱藏在心中,"她说,"拿肉体挣来的茶饭营养着它。我深恐肉体死了,爱便不存在,其实我是错了;先不用说这个吧。他非常的妒忌,永远跟着我,无论我是干什么。上哪儿去,他老随着我。他找不出我的破绽来,可是觉得出我是不爱他。慢慢的,他由讨厌变为公开地辱骂我，甚至于打我，他逼得我没法不承认我的心是另有所寄。忍无可忍也就顾不及饭碗问题了。他把我赶出来，连一件长衫也没给我留。我呢，父亲照样和我要钱，我自己得吃得穿，而且我一向是吃好的穿好的惯了。为满足肉体，还得利用肉体，身体是现成的本钱。凡给我钱的便买去我点筋肉的笑。我很会笑；我照着镜子练习那迷人的笑。环境的不同使人作退一步想，这样零卖，到是比终日叫那一个阔公子管着强一些。在街上，有多少人指着我的后影叹气，可是我到底是自由的，甚至是自傲的，有时候我与些打扮得不漂亮的女子遇上，我也有些得意。我一共打过四次胎，但是创痛过去便又笑了。

"最初，我颇有一些名气，因为我既是作过富宅的玩物，又能识几个字，新派旧派的人都愿来照顾我，我没工夫去思想。甚至于不想积蓄一点钱，我完全为我的服装香粉活着。今天的漂亮是今天的生活。明天自有明天管照着自己，身体的疲倦，只管眼前的刺激，不顾将来，不久，这种生活也不能维持了。父亲的烟是无底的深坑。打胎需要许多费用。以前不想剩钱；钱自然不会自己剩下。我连一点无聊的傲气也不敢存了。我得极下贱地去找钱了，有时候是明抢。有人指着我的后影叹气，我也回头向他笑一笑了。打一次胎增加两三岁。镜子是不欺人的，我已老丑了。疯狂足以补足衰老。我尽着肉体的所能伺候人们，不然，我没有生意。我敞着门睡着，我是大众的，不是我自己的。一天二十四小时，什么时间也可以买我的身体。我消失在欲海里。在清醒的世界中我并不存在。我看着人们在我身上狂动，我的手指算计着钱数。我不思想，只是盘算——怎能多进五毛钱。我不哭，哭不好看。只为钱着急，不管我自己。"

她休息了一会儿，我的泪已滴湿她的衣襟。

"你回来了!"她继续着说:"你也三十多了;我记得你是十七岁的小学生。你的眼已不是那年——多少年了?——看我那双绿拖鞋的眼。可是,你,多少还是你自己,我,早已死了。你可以继续作那初恋的梦,我已无梦可作。我始终一点也不怀疑,我知道你要是回来,必定要我。及至见着你,我自己已找不到我自己,拿什么给你呢?你没回来的时候,我永远不拒绝,不论是对谁说,我是爱你;你回来了,我只好狂笑。单等我落到这样,你才回来,这不是有意戏弄人?假如你永远不回来,我老有个南洋作我的梦景,你老有个我在你的心中,岂不很美?你偏偏地回来了,而且回来这样迟——"

"可是来迟了并不就是来不及了,"我插了一句。

"晚了就是来不及了。我杀了自己。"

"什么?"

"我杀了我自己。我命定的只能住在你心中,生存在一首诗里,生死有什么区别?在打胎的时候我自己下了手。有你在我左右,我没法子再笑。不笑,我怎么挣钱?只有一条路,名字叫死。你回来迟了,我别再死迟了;我再晚死一会儿,我便连住在你心中的希望也没有了。我住在这里,这里便是你的心。这里没有阳光,没有声响,只有一些颜色。颜色是更持久的,颜色画成咱们的记忆。看那双小鞋,绿的,是点颜色,你我永远认识它们。"

"但是我也记得那双脚。许我看看吗?"

她笑了,摇摇头。

我很坚决,我握住她的脚,扯下她的袜,露出没有肉的一支白脚骨。

"去吧!"她推了我一把。"从此你我无缘再见了!我愿住在你的心中，现在不行了；我愿在你心中永远是青春。"

　　太阳已往西斜去；风大了些，也凉了些，东方有些黑云。春光在一个梦中惨淡了许多。我立起来，又看见那片暗绿的松树。立了不知有多久。远处来了些蠕动的小人，随着一些听不甚真的音乐。越来越近了，田中惊起许多白翅的鸟，哀鸣着向山这边飞。我看清了，一群人们匆匆地走，带起一些灰土。三五鼓手在前，几个白衣人在后，最后是一口棺材。春天也要埋人的。撒起一把纸钱，蝴蝶似的落在麦田上。东方的黑云更厚了，柳条的绿色加深了许多，绿得有些凄惨。心中茫然，只想起那双小绿拖鞋，像两片树叶在永生的树上作着春梦。

柳家大院

老舍

这两天我们的大院里又透着热闹,出了人命。

事情可不能由这儿说起,得打头儿来。先交代我自己吧,我是个算命的先生。我也卖过酸枣、落花生什么的,那可是先前的事了。现在我在街上摆卦摊,好了呢,一天也抓弄个三毛五毛的。老伴儿早死了,儿子拉洋车。我们爷儿俩住着柳家大院的一间北房。

除了我这间北房,大院里还有二十多间房呢。一共住着多少家子?谁记得清!住两间房的就不多,又搭上今天搬来,明天又搬走,我没有那么好记性。大家见面招呼声"吃了吗",透着和气;不说呢,也没什么。大家一天到晚为嘴奔命,没有工夫扯闲话儿。爱说话的自然也有啊,可是也得先吃饱了。

还就是我们爷儿俩和王家可以算作老住户,都住了一年多了。早就想搬家,可是我这间屋子下雨还算不十分漏;这个世界哪去找不十分漏水的屋子?不漏的自然有哇,也得住得起呀!再说,一搬家又得花三份儿房钱,莫如忍着吧。晚报上常说什么"平等",铜子儿不平等,什么也不用说。这是实话。就拿媳妇们说吧,娘家要是不使彩礼,她们一定少挨点揍,是不是?

王家是住两间房。老王和我算是柳家大院里最"文明"的人了。"文明"是三孙子,话先说在头里。我是算命的先生,眼前的字儿颇念一气。天天我看俩大子的晚报。"文明"人,就凭看篇晚报,别装孙子啦!老王是给一家洋人当花匠,总算混着洋事。其实他会种花不会,他自己晓得;若是不会的话,大概他也不肯说。给洋人院里剪草皮的也许叫作花匠;无论怎说吧,老王有点好吹。有什么意思?剪草皮又怎么低下呢?老王想不开这一层。要不怎么我们这种穷人没起色呢,穷不是,还好吹两句!大院里这样的人多了,老跟"文明"人学;好像"文明"人的吹胡子瞪眼睛是应当应分。反正他挣钱不多,花匠也罢，草匠也罢。

老王的儿子是个石匠，脑袋还没石头顺溜呢，没见过这么死巴的人。他可是好石匠，不说屈心话。小王娶了媳妇，比他小着十岁，长得像搁陈了的窝窝头，一脑袋黄毛，永远不乐，一挨揍就哭，还是不短挨揍。老王还有个女儿，大概也有十四五岁了，又贼又坏。他们四口住两间房。

除了我们两家，就得算张二是老住户了；已经在这儿住了六个多月。虽然欠下俩月的房钱，可是还对付着没叫房东给撵出去。张二的媳妇嘴真甜甘，会说话；这或者就是还没叫撵出去的原因。自然她只是在要房租来的时候嘴甜甘；房东一转身，你听她那个骂。谁能不骂房东呢；就凭那么一间狗窝，一月也要一块半钱？！可是谁也没有她骂得那么到家，那么解气。连我这老头子都有点爱上她了，不是为别的，她真会骂。可是，任凭怎么骂，一间狗窝还是一块半钱。这么一想，我又不爱她了。没有真力量，骂骂算得了什么呢。

张二和我的儿子同行，拉车。他的嘴也不善，喝俩铜子的"猫尿"能把全院的人说晕了；穷嚼！我就讨厌穷嚼，虽然张二不是坏心肠的人。张二有三个小孩，大的检煤核，二的滚车辙，三的满院爬。

提起孩子来了，简直的说不上来他们都叫什么。院子里的孩子足够一混成旅，怎能记得清楚呢？男女倒好分，反正能光眼子就光着。在院子里走道总得小心点；一慌，不定踩在谁的身上呢。踩了谁也得闹一场气。大人全憋着一肚子委屈，可不就抓个碴儿吵一阵吧。越穷，孩子越多，难道穷人就不该养孩子？不过，穷人也真得想个办法。这群小光眼子将来都干什么去呢？又跟我的儿子一样，拉洋车？我倒不是说拉洋车就低贱，我是说人就不应当拉车；人吗，当牲口？可是，好些个还活不到能拉车的年纪呢。今年春天闹瘟疹，死了一大批。最爱打孩子的爸爸也咧着大嘴的哭,自己的孩子哪有不心疼的?可是哭完也就完了,小席头一卷,夹出城去;死了就死了,省吃是真的。腰里没钱心似铁,我常这么说。这不像一句话,是得想个办法!

除了我们三家子,人家还多着呢。可是我只提这三家子就够了。我不是说柳家大院出了人命吗?死的就是王家那个小媳妇——像窝窝头的那位。我又说她像窝窝头,这可不是拿死人打哈哈。我也不是说她"的确"像窝窝头。我是替她难受,替和她差不多的姑娘媳妇们难受。我就常思索,凭什么好好的一个姑娘,养成像窝窝头呢?从小儿不得吃,不得喝,还能油光水滑吗?是,不错,可是凭什么呢?

少说闲话吧;是这么回事:老王第一个不是东西。我不是说他好吹吗?是,事事他老学那些"文明"人。娶了儿媳妇,喝,他不知道怎么好了。一天到晚对儿媳妇挑鼻子弄眼睛,派头大了。为三个钱的油,两个大的醋,他能闹得翻江倒海。我知道,穷人肝气旺,爱吵架。老王可是有点存心找毛病;他闹气,不为别的,专为学学"文明"人的派头。他是公公;妈的,公公几个子儿一个!我真不明白,为什么穷小子单要充"文明",这是哪一股儿毒气呢?早晨,他起得早,总得也把小媳妇叫起来,其实有什么事呢?他要立这个规矩,穷酸!她稍微晚起来一点,听吧,这一顿揍!

我知道,小媳妇的娘家使了一百块的彩礼。他们爷儿俩大概再有一年也还不清这笔亏空,所以老拿小媳妇泄气。可是要专为这一百块钱闹气,也倒罢了,虽然小媳妇已经够冤枉的。他不是专为这点钱。他是学"文明"人呢,他要作足了当公公的气派。他的老伴不是死了吗,他想把婆婆给儿媳妇的折磨也由他承办。他变着方儿挑她的毛病。她呢,一个十七岁的孩子可懂得什么?跟她要排场?我知道他那些排场是打哪儿学来的：在茶馆里听那些"文明"人说的。他就是这么个人——和"文明"人要是过两句话，替别人吹几句，脸上立刻能红堂堂的。在洋人家里剪草皮的时候，洋人要是跟他过一句半句的话，他能把尾巴摆动三天三夜。他确是有尾巴。可是他摆一辈子的尾巴了，还是他妈的住破大院啃窝窝头。我真不明白！

老王上工去的时候，把磨折儿媳妇的办法交给女儿替他办。那个贼丫头！我一点也没有看不起穷人家的姑娘的意思；她们给人家作丫环去呀，作二房去呀，是常有的事（不是应该的事），那能怨她们吗？不能！可是我讨厌王家这个二妞，她和她爸爸一样的讨人嫌，能钻天觅缝地给她嫂子小鞋穿，能大睁白眼地乱造谣言给嫂子使坏。我知道她为什么这么坏，她是由那个洋人供给着在一个工读学校念书，她一万多个看不上她的嫂子。她也穿双整鞋，头发上也戴着一把梳子，瞧她那个美！我就这么琢磨这回事：世界上不应当有穷有富。可是穷人要是狗着有钱的，往高处爬，比什么也坏。老王和二妞就是好例子。她嫂子要是作一双青布新鞋，她变着方儿给踩上泥，然后叫他爸爸骂儿媳妇。我没工夫细说这些事儿，反正这个小媳妇没有一天得着好气；有的时候还吃不饱。

小王呢，石厂子在城外，不住在家里。十天半月地回来一趟，一定揍媳妇一顿。在我们的柳家大院，揍儿媳妇是家常便饭。谁叫老婆吃着男子汉呢，谁叫娘家使了彩礼呢，挨揍是该当的。可是小王本来可以不揍媳妇，因为他轻易不家来，还愿意回回闹气吗？哼，有老王和二妞在旁边唧咕啊。老王罚儿媳妇挨饿，跪着；到底不能亲自下手打，他是自居为"文明"人的，哪能落个公公打儿媳妇呢？所以挑唆儿子去打；他知道儿子是石匠，打一回胜似别人打五回的。儿子打完了媳妇，他对儿子和气极了。二妞呢，虽然常拧嫂子的胳臂，可也究竟是不过瘾,恨不能看着哥哥把嫂子当作石头,一唖子锤碎才痛快。我告诉你,一个女人要是看不起另一个女人的,那就是活对头。二妞自居女学生;嫂子不过是花一百块钱买来的一个活窝窝头。

王家的小媳妇没有活路。心里越难受,对人也越不和气;全院里没有爱她的人。她连说话都忘了怎么说了。也有痛快的时候,见神见鬼地闹撞客。总是在小王揍完她走了以后,她又哭又说,一个人闹欢了。我的差事来了,老王和我借宪书,抽她的嘴巴。他怕鬼,叫我去抽。等我进了她的屋子,把她安慰得不哭了——我没抽过她,她要的是安慰,几句好话——他进来了,掐她的人中,用草纸熏;其实他知道她已缓醒过来,故意的惩治她。每逢到这个节骨眼,我和老王吵一架。平日他们吵闹我不管；管又有什么用呢？我要是管，一定是向着小媳妇；这岂不更给她添毒？所以我不管。不过，每逢一闹撞客，我们俩非吵不可了，因为我是在那儿，眼看着，还能一语不发？奇怪的是这个，我们俩吵架，院里的人总说我不对；妇女们也这么说。他们以为她该挨揍。他们也说我多事。男的该打女的，公公该管教儿媳妇，小姑子该给嫂子气受，他们这群男女信这个！怎么会信这个呢？谁教给他们的呢？那个王八蛋三孙子"文明"可笑，又可哭，肚子饿得像两层皮的臭虫，还信"文明"呢！

前两天，石匠又回来了。老王不知怎么一时心顺，没叫儿子揍媳妇，小媳妇一见大家欢天喜地，当然是喜欢，脸上居然有点像要笑的意思。二妞看见了这个，仿佛是看见天上出了两个太阳。一定有事！她嫂子正在院子里作饭，她到嫂子屋里去搜开了。一定是石匠哥哥给嫂子买来了贴己的东西，要不然她不会脸上有笑意。翻了半天，什么也没翻出来。我说"半天"，意思是翻得很详细；小媳妇屋里的东西还多得了吗？我们的大院里一共也没有两张整桌子来，要不怎么不闹贼呢。我们要是有钱票，是放在袜筒儿里。

二妞的气大了。嫂子脸上敢有笑容？不管查得出私弊查不出，反正得惩治她！

小媳妇正端着锅饭澄米汤，二妞给了她一脚。她的一锅饭出了手。"米饭"！不是丈夫回来，谁敢出主意吃"饭"！她的命好像随着饭锅一同出去了。米汤还没澄干，稀粥似的白饭摊在地上。她拚命用手去捧，滚烫，顾不得手；她自己还不如那锅饭值钱呢。实在太热，她捧了几把，疼到了心上，米汁把手糊住。她不敢出声，咬上牙，扎着两只手，疼得直打转。

"爸！瞧她把饭全洒在地上啦！"二妞喊。

爷儿俩全出来了。老王一眼看见饭在地上冒热气,登时就疯了。他只看了小王那么一眼,已然是说明白了:"你是要媳妇,还是要爸爸?"

小王的脸当时就涨紫了,过去揪住小媳妇的头发,拉倒在地。小媳妇没出一声,就人事不知了。

"打!往死了打!打!"老王在一旁嚷,脚踢起许多土来。

二妞怕嫂子是装死,过去拧她的大腿。

院子里的人都出来看热闹,男人不过来劝解,女的自然不敢出声;男人就是喜欢看别人揍媳妇——给自己的那个老婆一个榜样。

我不能不出头了。老王很有揍我一顿的意思。可是我一出头,别的男人也蹭过来。好说歹说,算是劝开了。

第二天一清早,小王老王全去工作。二妞没上学,为是继续给嫂子气受。

张二嫂动了善心,过来看看小媳妇。因为张二嫂自信会说话,所以一安慰小媳妇,可就得罪了二妞。她们俩抬起来了。当然二妞不行,她还说得过张二嫂!"你这个丫头要不下窑子,我不姓张!"一句话就把二妞骂闷过去了,"三秃子给你俩大子,你就叫他亲嘴;你当我没看见呢?有这么回事没有?有没有?"二嫂的嘴就堵着二妞的耳朵眼,二妞直往后退,还说不出话来。

这一场过去,二妞搭讪着上了街,不好意思再和嫂子闹了。

小媳妇一个人在屋里,工夫可就大啦。张二嫂又过来看一眼,小媳妇在炕上躺着呢,可是穿着出嫁时候的那件红袄。张二嫂问了她两句,她也没回答,只扭过脸去。张家的小二,正在这么工夫跟个孩子打起来,张二嫂忙着跑去解围,因为小二被敌人给按在底下了。

二妞直到快吃饭的时候才回来，一直奔了嫂子的屋子去，看看她作好了饭没有。二妞向来不动手作饭，女学生吗！一开屋门，她失了魂似的喊了一声，嫂子在门梁上吊着呢！一院子的人全吓惊了，没人想起把她摘下来，好鞋不踩臭狗屎，谁肯往人命事儿里搀合呢？

二妞捂着眼吓成孙子了。"还不找你爸爸去？！"不知道谁说了这么一句，她扭头就跑，仿佛鬼在后头追她呢。

老王回来也傻了。小媳妇是没有救儿了；这倒不算什么，脏了房，人家房东能饶得了他吗？再娶一个，只要有钱，可是上次的债还没归清呢?这些个事叫他越想越气,真想咬吊死鬼儿几块肉才解气!

娘家来了人,虽然大嚷大闹,老王并不怕。他早有了预备,早问明白了二妞,小媳妇是受张二嫂的挑唆才想上吊;王家没逼她死,王家没给她气受。你看,老王学"文明"人真学得到家,能瞪着眼扯谎。

张二嫂可抓了瞎,任凭怎么能说会道,也禁不住贼咬一口,入骨三分!人命,就是自己能分辩,丈夫回来也得闹一阵。打官司自然是不会打的,柳家大院的人还敢打官司?可是老王和二妞要是一口咬定,小媳妇的娘家要是跟她要人呢,这可不好办!柳家大院的是不讲理的,老王要咬定了她,她还就真跑不了。谁叫自己平日爱说话呢,街坊们有不少恨着她的,就棍打腿,他们还不一拥而上把她"打倒",用个晚报上的字眼人是有眼睛的,不过,人命关天,大家不见得敢帮助她吧?果不其然。张二一回来就听说了,自己的媳妇惹了祸。谁还管青红皂白,先揍完再说,反正打媳妇是理所当然的事。张二嫂挨了顿好的。全大院都觉得十分的痛快。

小媳妇的娘家不打官司;要钱;没钱再说厉害的。老王怕什么偏有什么;前者娶儿媳妇的钱还没还清,现在又来了一档子!可是,无论怎样,也得答应着拿钱,要不然屋里放着吊死鬼,总不像句话。

小王也回来了,十分的像个石头人,可是我看得出,他的心里很难过,谁也没把死了的小媳妇放在心上,只有小王进到屋中,在尸首旁边坐了半天。要不是他的爸爸"文明",我想他决不会常打她。可是,爸爸"文明",儿子也自然是要孝顺了,打吧!一打,他可就忘了他的胳臂本是砸石头的。他一声没出,在屋里坐了好大半天,而且把一条新裤子——就是没补钉呀——给媳妇穿上。他的爸爸跟他说什么,他好像没听见。他一个劲儿地吸蝙蝠牌的烟,眼睛不错眼珠地看着点什么——别人都看不见的一点什么。

娘家要一百块钱——五十是发送小媳妇的，五十归娘家人用。小王还是一语不发。老王答应了拿钱。他第一个先找了张二去。"你的媳妇惹的祸，没什么说的，你拿五十，我拿五十；要不然我把吊死鬼搬到你屋里来。"老王说得温和，可又硬张。

张二刚喝了四个大子的"猫尿"，眼珠子红着。他也来得不善："好王大爷的话，五十？我拿！看见没有？屋里有什么你拿什么好了。要不然我把这两个大孩子卖给你，还不值五十块钱？小三的妈！把两个大的送到王大爷屋里去！会跑会吃，决不费事，你又没个孙子，正好吗！"

老王碰了个软的。张二屋里的陈设大概一共值不了几个铜子儿！俩孩子叫张二留着吧。可是，不能这么轻轻地便宜了张二；拿不出五十呀，三十行不行？张二唱开了《打牙牌》，好像很高兴似的。"三十干吗？还是五十好了，先写在账上，多咱我叫电车轧死，多咱还你。"

老王想叫儿子揍张二一顿。可是张二也挺壮，不一定能揍得了他。张二嫂始终没敢说话，这时候看出一步棋来，乘机会自己找找脸："姓王的，你等着好了，我要不上你屋里去上吊，我不算好老婆，你等着吧！"

老王是"文明"人，不能和张二嫂斗嘴皮子。而且他也看出来，这种野娘们什么也干得出来，真要再来个吊死鬼，可得更吃不了兜着走了。老王算是没敲上张二。张三由《打牙牌》改成了《刀劈三关》。

其实老王早有了"文明"主意，跟张二这一场不过是虚晃一刀。他上洋人家里去，洋大人没在家，他给洋太太跪下了，要一百块钱。洋太太给了他，可是其中的五十是要由老王的工钱扣的，不要利钱。

老王拿着回来了，鼻子朝着天。

开张殃榜就使了八块;阴阳生要不开这张玩艺,麻烦还小得了吗,这笔钱不能不花。

小媳妇总算死得值,一身新红洋缎的衣裤,新鞋新袜子,一头银白铜的首饰。十二块钱的棺材。还有五个和尚念了个光头三。娘家弄了四十多块去;老王无论如何不能照着五十的数给。

事情算是过去了,二妞可遭了报,不敢进屋子,无论干什么,她老看见嫂子在房梁上挂着,穿着红袄,向她吐舌头。老王得搬家。可是,脏房谁来住呢?自己住着,房东也许马马虎虎不究真儿;搬家,不叫赔房才怪呢。可是二妞不敢进屋睡觉也是个事儿。况且儿媳妇已经死了,何必再住两间房?让出那一间去,谁肯住呢?这倒难办了。

老王又有了高招儿,儿媳妇变成吊死鬼,他更看不起女人了。四五十块花在死鬼身上,还叫她娘家拿走四十多,真堵得慌。因此,连二妞的身份也落下来了。干脆把她打发了,进点彩礼,然后赶紧再给儿子续上一房。二妞不敢进屋子呀,正好,去她的。卖个三百二百的,除给儿子续娶之外,自己也得留点棺材本儿。

他搭讪着跟我说这个事。我以为要把二妞给我的儿子呢;不是,他是托我给留点神,有对事的外乡人肯出三百二百的就行。我没说什么。

正在这个时候,有人来给小王提亲,十八岁的大姑娘,能洗能作,才要一百二十块钱的彩礼。老王更急了,好像立刻把二妞铲出去才痛快。

房东来了,因为上吊的事吹到他耳朵里。老王把他唬回去了:房脏了,我现在还住着呢!这个事怨不上来我呀,我一天到晚不在家;还能给儿媳妇气受?架不住有坏街坊,要不是张二的娘们,我的儿媳妇能想得起上吊?上吊也倒没什么,我呢,现在又给儿子张罗着,反正混着洋事,自己没钱呀,还能和洋人说句话,接济一步。就凭这回事说吧,洋人送了我一百块钱!

房东叫他给唬住了,跟旁人一打听,的的确确是由洋人那儿拿来的钱。而且大家都很佩服老王。房东没再对老王说什么,不便于得罪混洋事的。可是张二这个家伙不是好调货,欠下两个月的房租,还由着娘们拉舌头扯簸箕,撺他搬家!张二嫂无论怎么会说,也得补上俩月的房钱,赶快滚蛋!

张二搬走了,搬走的那天,他又喝得醉猫似的。

等着看吧。看二妞能卖多少钱,看小王又娶个什么样的媳妇。什么事呢!"文明"是三孙子,还是那句!

我这一辈子

我这一辈子 ‖ 茶馆·柳家大院
Tea House & Liu Family Courtyard

一

我幼年读过书,虽然不多,可是足够读七侠五义与三国志演义什么的。我记得好几段聊斋,到如今还能说得很齐全动听,不但听的人都夸奖我的记性好,连我自己也觉得应该高兴。可是,我并念不懂聊斋的原文,那太深了;我所记得的几段,都是由小报上的"评讲聊斋"念来的——把原文变成白话,又添上些逗哏打趣,实在有个意思!

我的字写得也不坏。拿我的字和老年间衙门里的公文比一比,论个儿的匀适,墨色的光润,与行列的齐整,我实在相信我可以作个很好的"笔帖式"。自然我不敢高攀,说我有写奏折的本领,可是眼前的通常公文是准保能写到好处的。

凭我认字与写的本事,我本该去当差。当差虽不见得一定能增光耀祖,但是至少也比作别的事更体面些。况且呢,差事不管大小,多少总有个升腾。我看见不止一位了,官职很大,可是那笔字还不如我的好呢,连句整话都说不出来。这样的人既能作高官,我怎么不能呢?

可是,当我十五岁的时候,家里教我去学徒。五行八作,行行出状元,学手艺原不是什么低搭的事;不过比较当差稍差点劲儿罢了。学手艺,一辈子逃不出手艺人去,即使能大发财源,也高不过大官儿不是?可是我并没和家里闹别扭,就去学徒了;十五岁的人,自然没有多少主意。况且家里老人还说,学满了艺,能挣上钱,就给我说亲事。在当时,我想象着结婚必是件有趣的事。那么,吃上二三年的苦,而后大人似的去耍手艺挣钱,家里再有个小媳妇,大概也很下得去了。

文学的 fragrance 味道

我学的是裱糊匠。在那太平年月，裱糊匠是不愁没饭吃的。那时候，死一个人不像现在这么省事。这可并不是说，老年间的人要翻来覆去的死好几回，不干脆的一下子断了气。我是说，那时候死人，丧家要拼命的花钱，一点不惜力气与金钱的讲排场。就拿与冥衣铺有关系的事来说吧，就得花上老些个钱。人一断气，马上就得去糊"倒头车"——现在，连这个名词儿也许有好多人不晓得了。紧跟着便是"接三"，必定有些烧活：车轿骡马，墩箱灵人，引魂幡，灵花等等。要是害月子病死的，还必须另糊一头牛，和一个鸡罩。赶到"一七"念经，又得糊楼库，金山银山，尺头元宝，四季衣服，四季花草，古玩陈设，各样木器。及至出殡，纸亭纸架之外，还有许多烧活，至不济也得弄一对"童儿"举着。"五七"烧伞，六十天糊船桥。一个死人到六十天后才和我们裱糊匠脱离关系，一年之中，死那么十来个有钱的人，我们便有了吃喝。

裱糊匠并不专伺候死人，我们也伺候神仙。早年间的神仙不像如今晚儿的这样寒碜，就拿关老爷说吧，早年间每到六月二十四，人们必给他糊黄幡宝盖，马童马匹，和七星大旗什么的。现在，几乎没有人再惦记着关公了！遇上闹"天花"，我们又得为娘娘们忙一阵。九位娘娘得糊九顶轿子，红马黄马各一匹，九份凤冠霞帔，还得预备痘哥哥痘姐姐们的袍带靴帽，和各样执事。如今，医院都施种牛痘，娘娘们无事可作，裱糊匠也就陪着她们闲起来了。此外还有许许多多的"还愿"的事，都要糊点什么东西，可是也都随着破除迷信没人再提了。年头真是变了啊！

除了伺候神与鬼外，我们这行自然也为活人作些事。这叫作"白活"，就是给人家糊顶棚。早年间没有洋房，每遇到搬家，娶媳妇，或别项喜事，总要把房间糊得四白落地，好显出焕然一新的气象。那大富之家，连春秋两季糊窗子也雇用我们。人是一天穷似一天

我这一辈子 ‖ 茶馆·柳家大院
Tea House & Liu Family Courtyard

了,搬家不一定糊棚顶,而那些有钱的呢,房子改为洋式的,棚顶抹灰,一劳永逸;窗子改成玻璃的,也用不着再糊上纸或纱。什么都是洋式好,耍手艺的可就没了饭吃。我们自己也不是不努力呀,洋车时行,我们就照样糊洋车;汽车时行,我们就糊汽车,我们知道改良。可是有几家死了人来糊一辆洋车或汽车呢?年头一旦大改良起来,我们的小改良全算白饶,水大漫不过鸭子去,有什么法儿呢!

二

上面交代过了：我若是始终仗着那份儿手艺吃饭，恐怕就早已饿死了。不过，这点本事虽不能永远有用，可是三年的学艺并非没有很大的好处，这点好处教我一辈子享用不尽。我可以撂下家伙，干别的营生去；这点好处可是老跟着我。就是我死后，有人谈到我的为人如何，他们也必须要记得我少年曾学过三年徒。

学徒的意思是一半学手艺，一半学规矩。在初到铺子去的时候，不论是谁也得害怕，铺中的规矩就是委屈。当徒弟的得晚睡早起，得听一切的指挥与使遣，得低三下四的伺候人，饥寒劳苦都得高高兴兴的受着，有眼泪往肚子里咽。像我学艺的所在，铺子也就是掌柜的家；受了师傅的，还得受师母的，夹板儿气！能挺过这么三年，顶倔强的人也得软了，顶软和的人也得硬了；我简直的可以这么说，一个学徒的脾性不是天生带来的，而是被板子打出来的；像打铁一样，要打什么东西便成什么东西。

在当时正挨打受气的那一会儿，我真想去寻死，那种气简直不是人所受得住的！但是，现在想起来，这种规矩与调教实在值金子。受过这种排练，天下便没有什么受不了的事啦。随便提一样吧，比方说教我去当兵，好哇，我可以作个满好的兵。军队的操演有时有会儿，而学徒们是除了睡觉没有任何休息时间的。我抓着工夫去出恭，一边蹲着一边就能打个盹儿，因为遇上赶夜活的时候，我一天一夜只能睡上三四点钟的觉。我能一口吞下去一顿饭，刚端起饭碗，不是师傅喊，就是师娘叫，要不然便是有照顾主儿来定活，我得恭而敬之的招待，并且细心听着师傅怎样论活讨价钱。不把饭整吞下去怎办呢？这种排练教我遇到什么苦处都能硬挺，外带着还是挺和气。读书的人，据我这粗人看，永远不会懂得这个。现在的洋学堂里开运动会，学生跑上两个圈就仿佛有了汗马功劳一般，喝！又是搀着，又是抱着，往大腿上拍火酒，还闹脾气，还坐汽车！这样的公子哥儿哪懂得什么叫作规矩，哪叫排练呢？话往回来说，我所受的苦处给我打下了作事任劳任怨的底子，我永远不肯闲着，作起活来永不晓得闹脾气，耍别扭，我能和大兵们一样受苦，而大兵们不能像我这么和气。

再拿件实事来证明这个吧：在我学成出师以后，我和别的耍手艺的一样，为表明自己是凭本事挣钱的人，第一我先买了根烟袋，只要一闲着便捻上一袋吧唧着，仿佛很有身分，慢慢的，我又学了喝酒，时常弄两盅猫尿咂着嘴儿抿几口。嗜好就怕开了头，会了一样就不难学第二样，反正都是个玩艺吧咧。这可也就出了毛病。我爱烟爱酒，原本不算什么稀奇的事，大家伙儿都差不多是这样。可是，我一来二去的学会了吃大烟。那个年月，鸦片烟不犯私，非常的便宜；我先是吸着玩，后来可就上了瘾。不久，我便觉出手紧来了，作事也不似先前那么上劲了。我并没等谁劝告我，不但戒了大烟，而且把旱烟袋也撅了，从此烟酒不动！我入了"理门"。入理门，烟酒都不准动；一旦破戒，必走背运。所以我不但戒了嗜好，而且入了理门；背运在那儿等着我，我怎肯再犯戒呢？这点心胸与硬气，如今想起来，还是由学徒得来的。多大的苦处我都能忍受。初一戒烟戒酒，看着别人吸，别人饮，多么难过呢！心里真像有一千条小虫爬挠那么痒痒触触的难过。但是我不能破戒，怕走背运。其实背运不背运的，都是日后的事，眼前的罪过可是不好受呀！硬挺，只有硬挺才能成功，怕走背运还在其次。我居然挺过来了，因为我学过徒，受过排练呀！

提到我的手艺来，我也觉得学徒三年的光阴并没白费了。凡是一门手艺，都得随时改良，方法是死的，运用可是活的。三十年前的瓦匠,讲究会磨砖对缝,作细工儿活;现在,他得会用洋灰和包镶人造石什么的。三十年前的木匠,讲究会雕花刻木,现在得会造洋式木器。我们这行也如此,不过比别的行业更活动。我们这行讲究看见什么就能糊什么。比方说,人家落了丧事,教我们糊一桌全席,我们就能糊出鸡鸭鱼肉来。赶上人家死了未出阁的姑娘,教我们糊一全份嫁妆,不管是四十八抬,还是三十二抬,我们便能由粉罐油瓶一直糊到衣橱穿衣镜。眼睛一看,手就能模仿下来,这是我们的本事。我们的本事不大,可是得有点聪明,一个心窟窿的人绝不会成个好裱糊匠。

这样,我们作活,一边工作也一边游戏,仿佛是。我们的成败全仗着怎么把各色的纸调动的合适,这是要心路的事儿。以我自己说,我有点小聪明。在学徒时候所挨的打,很少是为学不上活来,而多半是因为我有聪明而好调皮不听话。我的聪明也许一点也显露不出来,假若我是去学打铁,或是拉大锯——老那么打,老那么拉,一点变动没有。幸而我学了裱糊匠,把基本的技能学会了以后,我便开始自出花样,怎么灵巧逼真我怎么作。有时候我白费了许多工夫与材料,而作不出我所想到的东西,可是这更教我加紧的去揣摸,去调动,非把它作成下可。这个,真是个好习惯。有聪明,而且知道用聪明,我必须感谢这三年的学徒,在这三年养成了我会用自己的聪明的习惯。诚然,我一辈子没作过大事,但是无论什么事,只要是平常人能作的,我一瞧就能明白个五六成。我会砌墙,栽树,修理钟表,看皮货的真假,合婚择日,知道五行八作的行话上诀窍……这些,我都没学过,只凭我的眼去看,我的手去试验;我有勤苦耐劳与多看多学的习惯;这个习惯是在冥衣铺学徒三年养成的。到如今我才明白过来——我已是快饿死的人了!——假若我多读上几年书,只抱着书本死啃,像那些秀才与学堂毕业的人们那样,我也许一辈子就糊糊涂涂的下去,而什么也不晓得呢！裱糊的手艺没有给我带来官职和财产，可是它让我活的很有趣；穷，但是有趣，有点人味儿。

刚二十多岁，我就成为亲友中的重要人物了。不因为我有钱与身分，而是因为我办事细心，不辞劳苦。自从出了师，我每天在街口的茶馆里等着同行的来约请帮忙。我成了街面上的人，年轻，利落，懂得场面。有人来约，我便去作活；没人来约，我也闲不住：亲友家许许多多的事都托咐我给办，我甚至于刚结过婚便给别人家作媒了。

给别人帮忙就等于消遣。我需要一些消遣。为什么呢？前面我已说过：我们这行有两种活，烧活和白活。作烧活是有趣而干净的，白活可就不然了。糊顶棚自然得先把旧纸撕下来，这可真够受的，没作过的人万也想不到顶棚上会能有那么多尘土，而且是日积月累攒下来的，比什么土都干，细，钻鼻子，撕完三间屋子的棚，我们就都成了土鬼。及至扎好了秫秸，糊新纸的时候，新银花纸的面子是又臭又挂鼻子。尘土与纸面子就能教人得痨病——现在叫作肺病。我不喜欢这种活儿。可是，在街上等工作，有人来约就不能拒绝，有什么活得干什么活。应下这种活儿，我差不多老在下边裁纸递纸抹浆糊，为的是可以不必上"交手"，而且可以低着头干活儿，少吃点土。就是这样，我也得弄一身灰，我的鼻子也得像烟筒。作完这么几天活，我愿意作点别的，变换变换。那么，有亲友托我办点什么，我是很乐意帮忙的。

再说呢，作烧活吧，作白活吧，这种工作老与人们的喜事或丧事有关系。熟人们找我定活，也往往就手儿托我去讲别项的事，如婚丧事的搭棚，讲执事，雇厨子，定车马等等。我在这些事儿中渐渐找出乐趣，晓得如何能捏住巧处，给亲友们既办得漂亮，又省些钱，不能窝窝囊囊的被人捉了"大头"。我在办这些事儿的时候，得到许多经验，明白了许多人情，久而久之，我成了个很精明的人，虽然还不到三十岁。

三

　　由前面所说过的去推测，谁也能看出来，我不能老靠着裱糊的手艺挣饭吃。像逛庙会忽然遇上雨似的，年头一变，大家就得往四散里跑。在我这一辈子里，我仿佛是走着下坡路，收不住脚。心里越盼着天下太平，身子越往下出溜。这次的变动，不使人缓气，一变好像就要变到底。这简直不是变动，而是一阵狂风，把人糊糊涂涂的刮得不知上哪里去了。在我小时候发财的行当与事情，许多许多都忽然走到绝处，永远不再见面，仿佛掉在了大海里头似的。裱糊这一行虽然到如今还阴死巴活的始终没完全断了气，可是大概也不会再有抬头的一日了。我老早的就看出这个来。在那太平的年月，假若我愿意的话，我满可以开个小铺，收两个徒弟，安安顿顿的混两顿饭吃。幸而我没那么办。一年得不到一笔大活，只仗着糊一辆车或两间屋子的顶棚什么的，怎能吃饭呢？睁开眼看看，这十几年了，可有过一笔体面的活？我得改行，我算是猜对了。

　　不过，这还不是我忽然改了行的唯一的原因。年头儿的改变不是个人所能抵抗的，胳臂扭不过大腿去，跟年头儿叫死劲简直是自己找别扭。可是，个人独有的事往往来得更厉害，它能马上教人疯了。去投河觅井都不算新奇，不用说把自己的行业放下，而去干些别的了。个人的事虽然很小，可是一加在个人身上便受不住；一个米粒很小，教蚂蚁去搬运便很费力气。个人的事也是如此。人活着是仗了一口气，多喒有点事儿，把这口气憋住，人就要抽风。人是多么小的玩艺儿呢！

　　我的精明与和气给我带来背运。乍一听这句话仿佛是不合情理，可是千真万确，一点儿不假，假若这要不落在我自己身上，我也许不大相信天下会有这宗事。它竟自找到了我;在当时,我差不多真成了个疯子。隔了这么二三十年,现在想起那回事儿来,我满可以微微一笑,仿佛想起一个故事来似的。现在我明白了个人的好处不必一定就有利于自己。一个人好,大家都好,这点好处才有用,正是如鱼得水。一个人好,而大家并不都好,个人的好处也许就是让他倒霉的祸根。精明和气有什么用呢!现在,我悟过这点理儿来,想起那件事不过点点头,笑一笑罢了。在当时,我可真有点咽不下去那口气。那时候我还很年轻啊。

哪个年轻的人不爱漂亮呢?在我年轻的时候,给人家行人情或办点事,我的打扮与气派谁也不敢说我是个手艺人。在早年间,皮货很贵,而且不准乱穿。如今晚的人,今天得了马票或奖券,明天就可以穿上狐皮大衣,不管是个十五岁的孩子还是二十岁还没刮过脸的小伙子。早年间可不行,年纪身分决定个人的服装打扮。那年月,在马褂或坎肩上安上一条灰鼠领子就仿佛是很漂亮阔气。我老安着这么条领子,马褂与坎肩都是青大缎的——那时候的缎子也不怎么那样结实,一件冯褂至少也可以穿上十来年。在给人家糊棚顶的时候,我是个土鬼;回到家中一梳洗打扮,我立刻变成个漂亮小伙子。我不喜欢那个土鬼,所以更爱这个漂亮的青年。我的辫子又黑又长,脑门剃得锃光青亮,穿上带灰鼠领子的缎子坎肩,我的确像个"人儿"!

一个漂亮小伙子所最怕的恐怕就是娶个丑八怪似的老婆吧。我早已有意无意的向老人们透了个口话:不娶倒没什么,要娶就得来个够样儿的。那时候,自然还不时行自由婚,可是已有男女两造对相对看的办法。要结婚的话,我得自己去相看,不能马马虎虎就凭媒人的花言巧语。

二十岁那年,我结了婚,我的妻比我小一岁。把她放在哪里,她也得算个俏式利落的小媳妇；在定婚以前，我亲眼相看的呀。她美不美，我不敢说，我说她俏式利落，因为这四个字就是我择妻的标准；她要是不够这四个字的格儿，当初我决不会点头。在这四个字里很可以见出我自己是怎样的人来。那时候，我年轻，漂亮，作事麻利，所以我一定不能要个笨牛似的老婆。

这个婚姻不能说不是天配良缘。我俩都年轻，都利落，都个子不高；在亲友面前，我们像一对轻巧的陀螺似的，四面八方的转动，招得那年岁大些的人们眼中要笑出一朵花来。我俩竞争着去在大家面前显出个人的机警与口才，到处争强好胜，只为教人夸奖一声我们是一对最有出息的小夫妇。别人的夸奖增高了我俩彼此间的敬爱，颇有点英雄惜英雄，好汉爱好汉的劲儿。

我很快乐，说实话：我的老人没挣下什么财产，可是有一所儿房。我住着不用花租金的房子，院中有不少的树木，檐前挂着一对黄鸟。我呢，有手艺，有人缘，有个可心的年轻女人。不快乐不是自找别扭吗？

对于我的妻，我简直找不出什么毛病来。不错，有时候我觉得她有点太野；可是哪个利落的小媳妇不爽快呢？她爱说话，因为她会说；她不大躲避男人，因为这正是作媳妇所应享的利益，特别是刚出嫁而有些本事的小媳妇，她自然愿意把作姑娘时的腼腆收起一些，而大大方方的自居为"媳妇"。这点实在不能算作毛病。况且，她见了长辈又是那么亲热体贴，殷勤的伺候，那么她对年轻一点的人随便一些也正是理之当然；她是爽快大方，所以对于年老的正像对于年少的，都愿表示出亲热周到来。我没因为她爽快而责备她过。

她有了孕，作了母亲，她更好看了，也更大方了——我简直的不忍再用那个"野"字！世界上还有比怀孕的少妇更可怜，年轻的母亲更可爱的吗?看她坐在门坎上,露着点胸,给小娃娃奶吃,我只能更爱她,而想不起责备她太不规矩。

到了二十四岁,我已有一儿一女。对于生儿养女,作丈夫的有什么功劳呢!赶上高兴,男子把娃娃抱起来,耍巴一回;其余的苦处全是女人的。我不是个糊涂人,不必等谁告诉我才能明白这个。真的,生小孩,养育小孩,男人有时候想去帮忙也归无用;不过,一个懂得点人事的人,自然该使作妻的痛快一些,自由一些;欺侮孕妇或一个年轻的母亲,据我看,才真是混蛋呢!对于我的妻,自从有了小孩之后,我更放任了些;我认为这是当然的合理的。

再一说呢,夫妇是树,儿女是花;有了花的树才能显出根儿深。一切猜忌,不放心,都应该减少,或者完全消灭;小孩子会把母亲拴得结结实实的。所以,即使我觉得她有点野——真不愿用这个臭字——我也不能不放心了,她是个母亲呀。

四

直到如今,我还是不能明白那到底是怎么一回事。

我所不能明白的事也就是当时教我差点儿疯了的事,我的妻跟人家跑了。

我再说一遍,到如今我还不能明白那到底是怎回事。我不是个固执的人,因为我久在街面上,懂得人情,知道怎样找出自己的长处与短处。但是,对于这件事,我把自己的短处都找遍了,也找不出应当受这种耻辱与惩罚的地方来。所以,我只能说我的聪明与和气给我带来祸患,因为我实在找不出别的道理来。

我有位师哥,这位师哥也就是我的仇人。街口上,人们都管他叫作黑子,我也就还这么叫他吧;不便道出他的真名实姓来,虽然他是我的仇人。"黑子"，由于他的脸不白；不但不白，而且黑得特别，所以才有这个外号。他的脸真像个早年间人们揉的铁球，黑，可是非常的亮；黑，可是光润；黑，可是油光水滑的可爱。当他喝下两盅酒，或发热的时候，脸上红起来，就好像落太阳时的一些黑云，黑里透出一些红光。至于他的五官，简直没有什么好看的地方，我比他漂亮多了。他的身量很高，可也不见得怎么魁梧，高大而懒懒松松的。他所以不至教人讨厌他，总而言之，都仗着那一张发亮的黑脸。

我跟他是很好的朋友。他既是我的师哥，又那么傻大黑粗的，即使我不喜爱他，我也不能无缘无故的怀疑他。我的那点聪明不是给我预备着去猜疑人的；反之，我知道我的眼睛里不容砂子，所以我因信任自己而信任别人。我以为我的朋友都不至于偷偷的对我捣坏招数。一旦我认定谁是个可交的人，我便真拿他当个朋友看待。对于我这个师哥，即使他有可猜疑的地方，我也得敬重他，招待他，因为无论怎样，他到底是我的师哥呀。同是一门儿学出来的手艺，又同在一个街口上混饭吃，有活没活，一天至少也得见几面；对这么熟的人，我怎能不拿他当作个好朋友呢？有活，我们一同去作活；没活，他总是到我家来吃饭喝茶，有时候也摸几把索儿胡玩——那时候"麻将"还不十分时兴。我和蔼，他也不客气；遇到什么就吃什么，遇到什么就喝什么，我一向不特别为他预备什么，他也永远不挑剔。他吃的很多，可是不懂得挑食。看他端着大碗，跟着我们吃热汤儿面什么的，真是个痛快的事。他吃得四脖子汗流，嘴里西啦胡噜的响，脸上越来越红，慢慢的成了个半红的大煤球似的；谁能说这样的人能存着什么坏心眼儿呢！

一来二去，我由大家的眼神看出来天下并不很太平。可是，我并没有怎么往心里搁这回事。假若我是个糊涂人，只有一个心眼，大概对这种事不会不听见风就是雨，马上闹个天昏地暗，也许立刻把事情弄个水落石出，也许是望风捕影而弄一鼻子灰。我的心眼多，决不肯这么糊涂瞎闹，我得平心静气的想一想。

先想我自己，想不出我有什么不对的地方来，即使我有许多毛病，反正至少我比师哥漂亮，聪明，更像个人儿。

再看师哥吧，他的长像，行为，财力，都不能教他为非作歹，他不是那种一见面就教女人动心的人。

最后，我详详细细的为我的年轻的妻子想一想：她跟了我已经四五年，我俩在一处不算不快乐。即使她的快乐是假装的，而愿意去跟个她真喜爱的人——这在早年间几乎是不能有的——大概黑子也绝不会是这个人吧？他跟我都是手艺人，他的身分一点不比我高。同样，他不比我阔，不比我漂亮，不比我年轻；那么，她贪图的是什么呢？想不出。就满打说她是受了他的引诱而迷了心，可是他用什么引诱她呢，是那张黑脸，那点本事，那身衣裳，腰里那几吊钱？笑话！哼，我要是有意的话吗，我倒满可以去引诱引诱女人；虽然钱不多，至少我有个样子。黑子有什么呢？再说，就是说她一时迷了心窍，分别不出好歹来，难道她就肯舍得那两个小孩吗？

我不能信大家的话，不能立时疏远了黑子，也不能傻子似的去盘问她。我全想过了，一点缝子没有，我只能慢慢的等着大家明白过来他们是多虑。即使他们不是凭空造谣，我也得慢慢的察看，不能无缘无故的把自己，把朋友，把妻子，都卷在黑土里边。有点聪明的人作事不能鲁莽。

可是，不久，黑子和我的妻子都不见了。直到如今，我没再见过他俩。为什么她肯这么办呢？我非见着她，由她自己吐出实话，我不会明白。我自己的思想永远不够对付这件事的。

我真盼望能再见她一面，专为明白明白这件事。到如今我还是在个葫芦里。

当时我怎样难过，用不着我自己细说。谁也能想到，一个年轻漂亮的人，守着两个没了妈的小孩，在家里是怎样的难过；一个聪明规矩的人，最亲爱的妻子跟师哥跑了，在街面上是怎么难堪。同情我的人，有话说不出，不认识我的人，听到这件事，总不会责备我的师哥，而一直的管我叫"王八"。在咱们这讲孝悌忠信的社会里，人们很喜欢有个王八，好教大家有放手指头的准头。我的口闭上，我的牙咬住，我心中只有他们俩的影儿和一片血。不用教我见着他们，见着就是一刀，别的无须乎再说了。

在当时，我只想拼上这条命，才觉得有点人味儿。现在，事情过去这么多年了。我可以细细的想这件事在我这一辈子里的作用了。

我的嘴并没闲着，到处我打听黑子的消息。没用，他俩真像石沉大海一般，打听不着确实的消息，慢慢的我的怒气消散了一些；说也奇怪，怒气一消，我反倒可怜我的妻子。黑子不过是个手艺人，而这种手艺只能在京津一带大城里找到饭吃，乡间是不需要讲究的烧活的。那么，假若他俩是逃到远处去，他拿什么养活她呢？哼，假若他肯偷好朋友的妻子，难道他就不会把她卖掉吗？这个恐惧时常在我心中绕来绕去。我真希望她忽然逃回来，告诉我她怎样上了当，受了苦处；假若她真跪在我的面前，我想我不会不收下她的，一个心爱的女人，永远是心爱的，不管她作了什么错事。她没有回来，没有消息，我恨她一会儿，又可怜她一会儿，胡思乱想，我有时候整夜的不能睡。

过了一年多，我的这种乱想又轻淡了许多。是的，我这一辈子也不能忘了她，可是我不再为她思索什么了。我承认了这是一段千真万确的事实，不必为它多费心思了。

我到底怎样了呢？这倒是我所要说的，因为这件我永远猜不透的事在我这一辈子里实在是件极大的事。这件事好像是在梦中丢失了我最亲爱的人，一睁眼，她真的跑得无影无踪了。这个梦没法儿明白，可是它的真确劲儿是谁也受不了的。作过这么个梦的人，就是没有成疯子，也得大大的改变；他是丢失了半个命呀！

五

最初，我连屋门也不肯出，我怕见那个又明又暖的太阳。

顶难堪的是头一次上街：抬着头大大方方的走吧，准有人说我天生来的不知羞耻。低着头走，便是自己招认了脊背发软。怎么着也不对。我可是问心无愧，没作过一点对不起人的事。

我破了戒，又吸烟喝酒了。什么背运不背运的，有什么再比丢了老婆更倒霉的呢？我不求人家可怜我，也犯不上成心对谁耍刺儿，我独自吸烟喝酒，把委屈放在心里好了。再没有比不测的祸患更能扫除了迷信的；以前，我对什么神仙都不敢得罪；现在，我什么也不信，连活佛也不信了。迷信，我咂摸出来，是盼望得点意外的好处；赶到遇上意外的难处，你就什么也不盼望，自然也不迷信了。我把财神和灶王的龛——我亲手糊的——都烧了。亲友中很有些人说我成了二毛子的。什么二毛子三毛子的，我再不给谁磕头。人若是不可靠，神仙就更没准儿了。

我并没变成忧郁的人。这种事本来是可以把人愁死的，可是我没往死牛犄角里钻。我原是个活泼的人，好吧，我要打算活下去，就得别丢了我的活泼劲儿。不错，意外的大祸往往能忽然把一个人的习惯与脾气改变了；可是我决定要保持住我的活泼。我吸烟，喝酒，不再信神佛，不过都是些使我活泼的方法。不管我是真乐还是假乐，我乐！在我学艺的时候，我就会这一招，经过这次的变动，我更必须这样了。现在,我已快饿死了,我还是笑着,连我自己也说不清这是真的还是假的笑,反正我笑,多咱死了多咱我并上嘴。从那件事发生了以后,直到如今,我始终还是个有用的人,热心的人,可是我心中有了个空儿。这个空儿是那件不幸的事给我留下的,像墙上中了枪弹,老有个小窟窿似的。我有用,我热心,我爱给人家帮忙,但是不幸而事情没办到好处,或者想不到的扎手,我不着急,也不动气,因为我心中有个空儿。这个空儿会教我在极热心的时候冷静,极欢喜的时候有点悲哀,我的笑常常和泪碰在一处,而分不清哪个是哪个。

　　这些,都是我心里头的变动,我自己要是不说——自然连我自己也说不大完全——大概别人无从猜到。在我的生活上,也有了变动,这是人人能看到的。我改了行,不再当裱糊匠,我没脸再上街口去等生意,同行的人,认识我的,也必认识黑子;他们只须多看我几眼,我就没法再咽下饭去。在那报纸还不大时行的年月,人们的眼睛是比新闻还要厉害的。现在,离婚都可以上衙门去明说明讲,早年间男女的事儿可不能这么随便。我把同行中的朋友全放下了，连我的师傅师母都懒得去看，我仿佛是要由这个世界一脚跳到另一个世界去。这样，我觉得我才能独自把那桩事关在心里头。年头的改变教裱糊匠们的活路越来越狭，但是要不是那回事，我也不会改行改得这么快，这么干脆。放弃了手艺，没什么可惜；可是这么放弃了手艺，我也不会感谢"那"回事儿！不管怎说吧，我改了行，这是个显然的变动。

决定扔下手艺可不就是我准知道应该干什么去。我得去乱碰，像一只空船浮在水面上，浪头是它的指南针。在前面我已经说过，我认识字，还能抄抄写写，很够当个小差事的。再说呢，当差是个体面的事，我这丢了老婆的人若能当上差，不用说那必能把我的名誉恢复了一些。现在想起来，这个想法真有点可笑；在当时我可是诚心的相信这是最高明的办法。"八"字还没有一撇儿，我觉得很高兴，仿佛我已经很有把握，既得到差事，又能恢复了名誉。我的头又抬得很高了。

哼！手艺是三年可以学成的；差事，也许要三十年才能得上吧！一个钉子跟着一个钉子，都预备着给我碰呢！我说我识字，哼！敢情有好些个能整本背书的人还挨饿呢。我说我会写字，敢情会写字的绝不算出奇呢。我把自己看得太高了。可是，我又亲眼看见，那作着很大的官儿的，一天到晚山珍海味的吃着，连自己的姓都不大认得。那么，是不是我的学问又太大了，而超过了作官所需要的呢？我这聪明人也没法儿不显着糊涂了。

慢慢的，我明白过来。原来差事不是给本事预备着的，想做官第一得有人。这简直没了我的事，不管我有多么大的本事。我自己是个手艺人，所认识的也是手艺人；我爸爸呢，又是个白丁，虽然是很有本事与品行的白丁。我上哪里去找差事当呢？

事情要是逼着一个人走上哪条道儿,他就非去不可,就像火车一样,轨道已摆好,照着走就是了,一出花样准得翻车!我也是如此。决定扔下了手艺,而得不到个差事,我又不能老这么闲着。好啦,我的面前已摆好了铁轨,只准上前,不许退后。

我当了巡警。

巡警和洋车是大城里头给苦人们安好的两条火车道。大字不识而什么手艺也没有的,只好去拉车。拉车不用什么本钱,肯出汗就能吃窝窝头。识几个字而好体面的,有手艺而挣不上饭的,只好去当巡警;别的先不提,挑巡警用不着多大的人情,而且一挑上先有身制服穿着,六块钱拿着;好歹是个差事。除了这条道,我简直无路可走。我既没混到必须拉车去的地步,又没有作高官的舅舅或姐丈,巡警正好不高不低,只要我肯,就能穿上一身铜钮子的制服。当兵比当巡警有起色,即使熬不上军官,至少能有抢劫些东西的机会。可是,我不能去当兵,我家中还有俩没娘的小孩呀。当兵要野,当巡警要文明;换句话说,当兵有发邪财的机会,当巡警是穷而文明一辈子;穷得要命,文明得稀松!

以后这五六十年的经验,我敢说这么一句:真会办事的人,到时候才说话,爱张罗办事的人——像我自己——没话也找话说。我的嘴老不肯闲着,对什么事我都有一片说词,对什么人我都想很恰当的给起个外号。我受了报应:第一件事,我丢了老婆,把我的嘴封起来一二年!第二件是我当了巡警。在我还没当上这个差事的时候,我管巡警们叫作"马路行走","避风阁大学士"和"臭脚巡"。这些无非都是说巡警们的差事只是站马路,无事忙,跑臭脚。哼!我自己当上"臭脚巡"了!生命简直就是自己和自己开玩笑,一点不假!我自己打了自己的嘴巴,可并不因为我作了什么缺德的事;至多也不过爱多说几句玩笑话罢了。在这里,我认识了生命的严肃,连句玩笑话都说不得的！好在，我心中有个空儿；我怎么叫别人"臭脚巡"，也照样叫自己。这在早年间叫作"抹稀泥"，现在的新名词应叫着什么，我还没能打听出来。

我没法不去当巡警，可是真觉得有点委屈。是呀，我没有什么出众的本事，但是论街面上的事，我敢说我比谁知道的也不少。巡警不是管街面上的事情吗？那么，请看看那些警官儿吧：有的连本地的话都说不上来，二加二是四还是五都得想半天。哼！他是官，我可是"招募警"；他的一双皮鞋够开我半年的饷！他什么经验与本事也没有，可是他作官。这样的官儿多了去啦！上哪儿讲理去呢？记得有位教官，头一天教我们操法的时候，忘了叫"立正"，而叫了"闸住"。用不着打听，这位大爷一定是拉洋车出身。有人情就行，今天你拉车，明天你姑父作了什么官儿，你就可以弄个教官当当；叫"闸住"也没关系，谁敢笑教官一声呢！这样的自然是不多，可是有这么一位教官，也就可以教人想到巡警的操法是怎么稀松二五眼了。内堂的功课自然绝不是这样教官所能担任的，因为至少得认识些个字才能"虎"得下来。我们的内堂的教官大概可以分为两种：一种是老人儿们，多数都有口鸦片烟瘾；他们要是能讲明白一样东西，就凭他们那点人情，大概早就作上大官儿了；唯其什么也讲不明白，所以才来作教官。另一种是年轻的小伙子们，讲的都是洋事，什么东洋巡警怎么样，什么法国违警律如何，仿佛我们都是洋鬼子。这种讲法有个好处，就是他们信口开河瞎扯，我们一边打盹一边听着，谁也不准知道东洋和法国是什么样儿，可不就随他的便说吧。我满可以编一套美国的事讲给大家听，可惜我不是教官罢了。这群年轻的小人们真懂外国事儿不懂，无从知道；反正我准知道他们一点中国事儿也不晓得。这两种教官的年纪上学问上都不同，可是他们有个相同的地方，就是他们都高不成低不就，所以对对付付的只能作教官。他们的人情真不小，可是本事太差,所以来教一群为六块洋钱而一声不敢出的巡警就最合适。

教官如此,别的警官也差不多是这样。想想:谁要是能去作一任知县或税局局长,谁肯来作警官呢?前面我已交代过了,当巡警是高不成低不就,不得已而为之。警官也是这样。这群人由上至下全是"狗熊耍扁担,混碗儿饭吃"。不过呢,巡警一天到晚在街面上,不论怎样抹稀泥,多少得能说会道,见机而作,把大事化小,小事化无;既不多给官面上惹麻烦,又让大家都过得去;真的吧假的吧,这总得算点本事。而作警官的呢,就连这点本事似乎也不必有。阎王好作,小鬼难当,诚然!

六

我再多说几句,或者就没人再说我太狂傲无知了。我说我觉得委屈,真是实话;请看吧:一月挣六块钱,这跟当仆人的一样,而没有仆人们那些"外找儿";死挣六块钱,就凭这么个大人——腰板挺直,样子漂亮,年轻力壮,能说会道,还得识文断字!这一大堆资格,一共值六块钱!

六块钱饷粮,扣去三块半钱的伙食,还得扣去什么人情公议儿,净剩也就是两块上下钱吧。衣服自然是可以穿官发的,可是到休息的时候,谁肯还穿着制服回家呢;那么,不作不作也得有件大褂什么的。要是把钱作了大褂,一个月就算白混。再说,谁没有家呢?父母——呕,先别提父母吧!就说一夫一妻吧:至少得赁一间房,得有老婆的吃,喝,穿。就凭那两块大洋!谁也不许生病,不许生小孩,不许吸烟,不许吃点零碎东西;连这么着,月月还不够嚼谷!

我就不明白为什么肯有人把姑娘嫁给当巡警的,虽然我常给同事的做媒。当我一到女家提说的时候,人家总对我一撇嘴,虽不明说,但是意思很明显,"哼!当巡警的!"可是我不怕这一撇嘴,因为十回倒有九回是撇完嘴而点了头。难道是世界上的姑娘太多了吗?我不知道。

　　由哪面儿看,巡警都活该是鼓着腮帮子充胖子而教人哭不得笑不得。穿起制服来,干净利落,又体面又威风,车马行人,打架吵嘴,都由他管着。他这是差事;可是他一月除了吃饭,净剩两块来钱。他自己也知道中气不足,可是不能不硬挺着腰板,到时候他得娶妻生子,还是仗着那两块来钱。提婚的时候,头一句是说:"小人呀当差!"当差的底下还有什么呢?没人愿意细问,一问就糟到底。

　　是的,巡警们都知道自己怎样的委屈,可是风里雨里他得去巡街下夜,一点懒儿不敢偷;一偷懒就有被开除的危险;他委屈,可不敢抱怨,他劳苦,可不敢偷闲,他知道自己在这里混不出来什么,而不敢冒险搁下差事。这点差事扔了可惜,作着又没劲;这些人也就人儿似的先混过一天是一天,在没劲中要露出劲儿来,像打太极拳似的。

　　世上为什么应当有这种差事,和为什么有这样多肯作这种差事的人?我想不出来。假若下辈子我再托生为人,而且忘了喝迷魂汤,还记得这一辈子的事,我必定要扯着脖子去喊:这玩艺儿整个的是丢人,是欺骗,是杀人不流血!现在,我老了,快饿死了,连喊这么几句也顾不及了,我还得先为下顿的窝窝头着忙呀!

　　自然在我初当差的时候,我并没有一下子就把这些都看清楚了,谁也没有那么聪明。反之,一上手当差我倒觉出点高兴来:穿上整齐的制服,靴帽,的确我是漂亮精神,而且心里说:好吧歹吧,这是个差事;凭我的聪明与本事,不久我必有个升腾。我很留神看巡长巡官们制服上的铜星与金道,而想象着我将来也能那样。我一点也没想到那铜星与金道并不按着聪明与本事颁给人们呀。

新鲜劲儿刚一过去,我已经讨厌那身制服了。它不教任何人尊敬,而只能告诉人:"臭脚巡"来了!拿制服的本身说,它也很讨厌:夏天它就像牛皮似的,把人闷得满身臭汗;冬天呢,它一点也不像牛皮了,而倒像是纸糊的;它不许谁在里边多穿一点衣服,只好任着狂风由胸口钻进来,由脊背钻出去,整打个穿堂!再看那双皮鞋,冬冷夏热,永远不教脚舒服一会儿;穿单袜的时候,它好像是两大篓子似的,脚指脚踵都在里边乱抓弄,而始终我不到鞋在哪里;到穿棉袜的时候,它们忽然变得很紧,不许棉袜与脚一齐伸进去。有多少人因包办制服皮鞋而发了财,我不知道,我只知道我的脚永远烂着,夏天闹湿气,冬天闹冻疮。自然,烂脚也得照常的去巡街站岗,要不然就别挣那六块洋钱!多么热,或多么冷,别人都可以找地方去躲一躲,连洋车夫都可以自由的歇半天,巡警得去巡街,得去站岗,热死冻死都活该,那六块现大洋买着你的命呢!

　　记得在哪儿看见过这么一句:食不饱,力不足。不管这句在原地方讲的是什么吧,反正拿来形容巡警是没有多大错儿的。最可怜,又可笑的是我们既吃不饱,还得挺着劲儿,站在街上得像个样子!要饭的花子有时不饿也弯着腰,假充饿了三天三夜;反之,巡警却不饱也得鼓起肚皮,假装刚吃完三大碗鸡丝面似的。花子装饿倒有点道理,我可就是想不出巡警假装酒足饭饱有什么理由来,我只觉得这真可笑。

　　人们都不满意巡警的对付事,抹稀泥。哼!沫稀泥自有它的理由。不过,在细说这个道理之前,我愿先说件极可怕的事。有了这件可怕的事,我再反回头来细说那些理由,仿佛就更顺当,更生动。好!就这样办啦。

七

  应当有月亮，可是教黑云给遮住了，处处都很黑。我正在个僻静的地方巡夜。我的鞋上钉着铁掌，那时候每个巡警又须带着一把东洋刀，四下里鸦雀无声，听着我自己的铁掌与佩刀的声响，我感到寂寞无聊，而且几乎有点害怕。眼前忽然跑过一只猫，或忽然听见一声鸟叫，都教我觉得不是味儿，勉强着挺起胸来，可是心中总空空虚虚的，仿佛将有些什么不幸的事情在前面等着我。不完全是害怕，又不完全气粗胆壮，就那么怪不得劲的，手心上出了点凉汗。平日，我很有点胆量，什么看守死尸，什么独自看管一所脏房，都算不了一回事。不知为什么这一晚上我这样胆虚，心里越要耻笑自己，便越觉得不定哪里藏着点危险。我不便放快了脚步，可是心中急切的希望快回去，回到那有灯光与朋友的地方去。

  忽然，我听见一排枪！我立定了，胆子反倒壮起来一点；真正的危险似乎倒可以治好了胆虚，惊疑不定才是恐惧的根源，我听着，像夜行的马竖起耳朵那样。又一排枪，又一排枪！没声了，我等着，听着，静寂得难堪。像看见闪电而等着雷声那样，我的心跳得很快。啪，啪，啪，啪，四面八方都响起来了！

  我的胆气又渐渐的往下低落了。一排枪，我壮起气来；枪声太多了，真遇到危险了；我是个人，人怕死；我忽然的跑起来，跑了几步，猛的又立住，听一听，枪声越来越密，看不见什么，四下漆黑，只有枪声，不知为什么，不知在哪里，黑暗里只有我一个人，听着远处的枪响。往哪里跑？到底是什么事？应当想一想，又顾不得想；胆大也没用，没有主意就不会有胆量。还是跑吧，糊涂的乱动，总比呆立哆嗦着强。我跑，狂跑，手紧紧的握住佩刀。像受了惊的猫狗，不必想也知道往家里跑。我已忘了我是巡警,我得先回家看看我那没娘的孩子去,要是死就死在一处!

　　要跑到家,我得穿过好几条大街。刚到了头一条大街,我就晓得不容易再跑了。街上黑黑忽忽的人影,跑得很快,随跑随着放枪。兵!我知道那是些辫子兵。而我才刚剪了发不多日子。我很后悔我没像别人那样把头发盘起来,而是连根儿烂真正剪去了辫子。假若我能马上放下辫子来,虽然这些兵们平素很讨厌巡警,可是因为我有辫子或者不至于把枪口冲着我来。在他们眼中,没有辫子便是二毛子,该杀。我没有了这么条宝贝!我不敢再动,只能藏在黑影里,看事行事。兵们在路上跑,一队跟着一队,枪声不停。我不晓得他们是干什么呢?待了一会儿,兵们好像是都过去了,我往外探了探头,见外面没有什么动静,我就像一只夜鸟儿似的飞过了马路,到了街的另一边。在这极快的穿过马路的一会儿里,我的眼梢撩着一点红光。十字街头起了火。我还藏在黑影里,不久,火光远远的照亮了一片;再探头往外看,我已可以影影抄抄的看到十字街口,所有四面把角的铺户已全烧起来,火影中那些兵们来回的奔跑,放着枪。我明白了，这是兵变。不久，火光更多了，一处接着一处，由光亮的距离我可以断定：凡是附近的十字口与丁字街全烧了起来。

　　说句该挨嘴巴的话，火是真好看！远处，漆黑的天上，忽然一白，紧跟着又黑了。忽然又一白，猛的冒起一个红团，有一块天像烧红的铁板，红得可怕。在红光里看见了多少股黑烟，和火舌们高低不齐的往上冒，一会儿烟遮住了火苗；一会儿火苗冲破了黑烟。黑烟滚着，转着，千变万化的往上升，凝成一片，罩住下面的火光，像浓雾掩住了夕阳。待一会儿，火光明亮了一些，烟也改成灰白色儿，纯净，旺炽，火苗不多，而光亮结成一片，照明了半个天。那近处的，烟与火中带着种种的响声，烟往高处起，火往四下里奔；烟像些丑恶的黑龙，火像些乱长乱钻的红铁笋。烟裹着火，火裹着烟，卷起多高，忽然离散，黑烟里落下无数的火花，或者三五个极大的火团。火花火团落下，烟像痛快轻松了一些，翻滚着向上冒。火团下降，在半空中遇到下面的火柱，又狂喜的往上跳跃，炸出无数火花。火团远落，遇到可以燃烧的东西，整个的再点起一把新火，新烟掩住旧火，一时变为黑暗；新火冲出了黑烟，与旧火联成一气，处处是火舌，火柱，飞舞，吐动，摇摆，颠狂。忽然哗啦一声，一架房倒下去，火星，焦炭，尘土，白烟，一齐飞扬，火苗压在下面，一齐在底下往横里吐射，像千百条探头吐舌的火蛇。静寂，静寂，火蛇慢慢的，忍耐的，往上翻。绕到上边来，与高处的火接到一处，通明，纯亮，忽忽的响着，要把人的心全照亮了似的。

　　我看着，不，不但看着，我还闻着呢！在种种不同的味道里，我咂摸着：这是那个金匾黑字的绸缎庄，那是那个山西人开的油酒店。由这些味道，我认识了那些不同的火团，轻而高飞的一定是茶叶铺的，迟笨黑暗的一定是布店的。这些买卖都不是我的，可是我都认得，闻着它们火葬的气味，看着它们火团的起落，我说不上来心中怎样难过。

我看着，闻着，难过，我忘了自己的危险，我仿佛是个不懂事的小孩，只顾了看热闹，而忘了别的一切。我的牙打得很响，不是为自己害怕，而是对这奇惨的美丽动了心。

回家是没希望了。我不知道街上一共有多少兵，可是由各处的火光猜度起来，大概是热闹的街口都有他们。他们的目的是抢劫，可是顺着手儿已经烧了这么多铺户，焉知不就棍打腿的杀些人玩玩呢？我这剪了发的巡警在他们眼中还不和个臭虫一样，只须一搂枪机就完了，并不费多少事。

想到这个，我打算回到"区"里去，"区"离我不算远，只须再过一条街就行了。可是，连这个也太晚了。当枪声初起的时候，连贫带富，家家关了门；街上除了那些横行的兵们，简直成了个死城。及至火一起来，铺户里的人们开始在火影里奔走，胆大一些的立在街旁，看着自己的或别人的店铺燃烧，没人敢去救火，可也舍不得走开，只那么一声不出的看着火苗乱窜。胆小一些的呢，争着往胡同里藏躲，三五成群的藏在巷内，不时向街上探探头，没人出声，大家都哆嗦着。火越烧越旺了，枪声慢慢的稀少下来，胡同里的住户仿佛已猜到是怎么一回事，最先是有人开门向外望望，然后有人试着步往街上走。街上，只有火光人影，没有巡警，被兵们抢过的当铺与首饰店全大敞着门！……这样的街市教人们害怕，同时也教人们胆大起来；一条没有巡警的街正像是没有老师的学房，多么老实的孩子也要闹哄闹哄。一家开门，家家开门，街上人多起来；铺户已有被抢过的了，跟着抢吧！平日，谁能想到那些良善守法的人民会去抢劫呢？哼！机会一到，人们立刻显露了原形。说声抢，壮实的小伙子们首先进了当铺，金店，钟表行。男人们回去一趟，第二趟出来已搀夹上女人和孩子们。被兵们抢过的铺子自然不必费事，进去随便拿就是了；可是紧跟着那些尚未被抢过的铺户的门也拦不住谁了。粮食店，茶叶铺，百货店，什么东西也是好的，门板一律砸开。

我一辈子只看见了这么一回大热闹：男女老幼喊着叫着，狂跑着，拥挤着，争吵着，砸门的砸门，喊叫的喊叫，嗑喳！门板倒下去，一窝蜂似的跑进去，乱挤乱抓，压倒在地的狂号，身体利落的往柜台上蹿，全红着眼，全拼着命，全奋勇前进，挤成一团，倒成一片，散走全街。背着，抱着，扛着，曳着，像一片战胜的蚂蚁，昂首疾走，去而复归，呼妻唤子，前呼后应。

苦人当然出来了，哼！那中等人家也不甘落后呀！

贵重的东西先搬完了，煤米柴炭是第二拨。有的整坛的搬着香油，有的独自扛着两口袋面，瓶子罐子碎了一街，米面洒满了便道，抢啊！抢啊！抢啊！谁都恨自己只长了一双手，谁都嫌自己的腿脚太慢！有的人会推着一坛子白糖，连人带坛在地上滚，像屎壳郎推着个大粪球。

强中自有强中手，人是到处会用脑子的！有人拿出切菜刀来了，立在巷口等着："放下！"刀晃了晃。口袋或衣服，放下了；安然的，不费力的，拿回家去。"放下！"不灵验，刀下去了，把面口袋砍破，下了一阵小雪，二人滚在一团。过路的急走，稍带着说了句："打什么，有的是东西！"两位明白过来，立起来向街头跑去。抢啊，抢啊！有的是东西！

我挤在了一群买卖人的中间，藏在黑影里。我并没说什么，他们似乎很明白我的困难，大家一声不出，而紧紧的把我包围住。不要说我还是个巡警，连他们买卖人也不敢抬起头来。他们无法去保护他们的财产与货物，谁敢出头抵抗谁就是不要命，兵们有枪，人民也有切菜刀呀！是的，他们低着头，好像倒怪羞惭似的。他们唯恐和抢劫的人们——也就是他们平日的照顾主儿——对了脸，羞恼成怒，在这没有王法的时候，杀几个买卖人总不算一回事呢！所以，他们也保护着我。想想看吧，这一带的居民大概不会不认识我吧！我三天两头的到这里来巡逻。平日，他们在墙根撒尿，我都要讨他们的厌，上前干涉；他们怎能不恨恶我呢！现在大家正在兴高采烈的白拿东西，要是遇见我，他们一人给我一砖头，我也就活不成了。即使他们不认识我，反正我是穿着制服，佩着东洋刀呀！在这个局面下，冒而咕咚的出来个巡警，够多么不合适呢！我满可以上前去道歉，说我不该这么冒失，他们能白白的饶了我吗？

街上忽然清静了一些，便道上的人纷纷往胡同里跑，马路当中走着七零八散的兵，都走得很慢；我摘下帽子，从一个学徒的肩上往外看了一眼，看见一位兵士，手里提着一串东西，像一串儿螃蟹似的。我能想到那是一串金银的镯子。他身上还有多少东西，不晓得，不过一定有许多硬货，因为他走得很慢。多么自然，多么可羡慕呢！自自然然的，提着一串镯子，在马路中心缓缓的走，有烧亮的铺户作着巨大的火把，给他们照亮了全城！

兵过去了，人们又由胡同里钻出来。东西已抢得差不多了，大家开始搬铺户的门板，有的去摘门上的匾额。我在报纸上常看见"彻底"这两个字，咱们的良民们打抢的时候才真正彻底呢！

这时候，铺户的人们才有出头喊叫的："救火呀！救火呀！别等着烧净了呀！"喊得教人一听见就要落泪！我身旁的人们开始活动。我怎么办呢？他们要是都去救火，剩下我这一个巡警，往哪儿跑呢？我拉住了一个屠户！他脱给了我那件满是猪油的大衫。把帽子夹在夹肢窝底下。一手握着佩刀，一手揪着大襟，我擦着墙根，逃回"区"里去。

八

我没去抢，人家所抢的又不是我的东西，这回事简直可以说和我不相干。可是，我看见了，也就明白了。明白了什么？我不会干脆的，恰当的，用一半句话说出来；我明白了点什么意思，这点意思教我几乎改变了点脾气。丢老婆是一件永远忘不了的事，现在它有了伴儿，我也永远忘不了这次的兵变。丢老婆是我自己的事，只须记在我的心里，用不着把家事国事天下事全拉扯上。这次的变乱是多少万人的事，只要我想一想，我便想到大家，想到全城，简直的我可以用这回事去断定许多的大事，就好像报纸上那样谈论这个问题那个问题似的。对了，我找到了一句漂亮的了。这件事教我看出一点意思，由这点意思我咂摸着许多问题。不管别人听得懂这句与否，我可真觉得它不坏。

我说过了：自从我的妻潜逃之后，我心中有了个空儿。经过这回兵变，那个空儿更大了一些，松松通通的能容下许多玩艺儿。还接着说兵变的事吧！把它说完全了，你也就可以明白我心中的空儿为什么大起来了。

当我回到宿舍的时候，大家还全没睡呢。不睡是当然的，可是，大家一点也不显着着急或恐慌，吸烟的吸烟，喝茶的喝茶，就好像有红白事熬夜那样。我的狼狈的样子，不但没引起大家的同情，倒招得他们直笑。我本排着一肚子话要向大家说，一看这个样子也就不必再言语了。我想去睡，可是被排长给拦住了："别睡！待一会儿，天一亮，咱们全得出去弹压地面！"这该轮到我发笑了；街上烧抢到那个样子，并不见一个巡警，等到天亮再去弹压地面，岂不是天大的笑话！命令是命令，我只好等到天亮吧！

还没到天亮，我已经打听出来：原来高级警官们都预先知道兵变的事儿,可是不便于告诉下级警官和巡警们。这就是说,兵变是警察们管不了的事,要变就变吧;下级警官和巡警们呢,夜间糊糊涂涂的照常去巡逻站岗,是生是死随他们去!这个主意够多么活动而毒辣呢!再看巡警们呢,全和我自己一样,听见枪声就往回跑,谁也不傻。这样巡警正好对得起这样警官,自上而下全是瞎打混的当"差事",一点不假!

虽然很要困,我可是急于想到街上去看看,夜间那一些情景还都在我的心里,我愿白天再去看一眼,好比较比较,教我心中这张画儿有头有尾。天亮得似乎很慢,也许是我心中太急。天到底慢慢的亮起来,我们排上队。我又要笑,有的人居然把盘起来的辫子梳好了放下来,巡长们也作为没看见。有的人在快要排队的时候,还细细刷了刷制服,用布擦亮了皮鞋!街上有那么大的损失,还有人顾得擦亮了鞋呢。我怎能不笑呢!

到了街上,我无论如何也笑不出了!从前,我没真明白过什么叫作"惨",这回才真晓得了。天上还有几颗懒得下去的大星,云色在灰白中稍微带出些蓝,清凉,暗淡。到处是焦糊的气味,空中游动着一些白烟。铺户全敞着门,没有一个整窗子,大人和小徒弟都在门口,或坐或立,谁也不出声,也不动手收拾什么,像一群没有主儿的傻羊。火已经停止住延烧,可是已被烧残的地方还静静的冒着白烟,吐着细小而明亮的火苗。微风一吹,那烧焦的房柱忽然又亮起来,顺着风摆开一些小火旗。最初起火的几家已成了几个巨大的焦土堆,山墙没有倒,空空的围抱着几座冒烟的坟头。最后燃烧的地方还都立着,墙与前脸全没塌倒,可是门窗一律烧掉,成了些黑洞。有一只猫还在这样的一家门口坐着,被烟熏的连连打嚏,可是还不肯离开那里。

平日最热闹体面的街口变成了一片焦木头破瓦,成群的焦柱静静的立着,东西南北都是这样,懒懒的,无聊的,欲罢不能的冒着些烟。

地狱什么样？我不知道。大概这就差不多吧！我一低头，便想起往日街头上的景象，那些体面的铺户是多么华丽可爱。一抬头，眼前只剩了焦糊的那么一片。心中记得的景象与眼前看见的忽然碰到一处，碰出一些泪来。这就叫作"惨"吧？火场外有许多买卖人与学徒们呆呆的立着，手揣在袖里，对着残火发愣。遇见我们，他们只淡淡的看那么一眼，没有任何别的表示，仿佛他们已绝了望，用不着再动什么感情。

　　过了这一带火场，铺户全敞着门窗，没有一点动静，便道上马路上全是破碎的东西，比那火场更加凄惨。火场的样子教人一看便知道那是遭了火灾，这一片破碎静寂的铺户与东西使人莫名其妙，不晓得为什么繁华的街市会忽然变成绝大的垃圾堆。我就被派在这里站岗。我的责任是什么呢？不知道。我规规矩矩的立在那里，连动也不敢动，这破烂的街市仿佛有一股凉气，把我吸住。一些妇女和小孩子还在铺子外边拾取一些破东西，铺子的人不作声，我也不便去管；我觉得站在那里简直是多此一举。

　　太阳出来，街上显着更破了，像阳光下的叫化子那么丑陋。地上的每一个小物件都露出颜色与形状来，花哨的奇怪，杂乱得使人憋气。没有一个卖菜的，赶早市的，卖早点心的，没有一辆洋车，一匹马，整个的街上就是那么破破烂烂，冷冷清清，连刚出来的太阳都仿佛垂头丧气不大起劲，空空洞洞的悬在天上。一个邮差从我身旁走过去，低着头，身后扯着一条长影。我哆嗦了一下。

　　待了一会儿，段上的巡官下来了。他身后跟着一名巡警，两人都非常的精神在马路当中当当的走，好像得了什么喜事似的。巡官告诉我：注意街上的秩序，大令已经下来了！我行了礼，莫名其妙他说的是什么？那名巡警似乎看出来我的傻气，低声找补了一句：赶开那些拾东西的，大令下来了！我没心思去执行，可是不敢公然违抗命令，我走到铺户外边，向那些妇人孩子们摆了摆手，我说不出话来！

　　一边这样维持秩序，我一边往猪肉铺走，为是说一声，那件大褂等我给洗好了再送来。屠户在小肉铺门口坐着呢,我没想到这样的小铺也会遭抢,可是竟自成个空铺子了。我说了句什么,屠户连头也没抬。我往铺子里望了望:大小肉墩子,肉钩子,钱筒子,油盘,凡是能拿走的吧,都被人家拿走了,只剩下了柜台和架肉案子的土台!

我又回到岗位,我的头痛得要裂。要是老教我看着这条街,我知道不久就会疯的。

大令真到了。十二名兵,一个长官,捧着就地正法的令牌,枪全上着刺刀。呕!原来还是辫子兵啊!他们抢完烧完,再出来就地正法别人;什么玩艺呢?我还得给令牌行礼呀!

行完礼,我急快往四下里看,看看还有没有捡拾零碎东西的人,好警告他们一声。连屠户的木墩都搬了走的人民,本来值不得同情;可是被辫子兵们杀掉,似乎又太冤枉。

说时迟,那时快,一个十四五岁的男孩子没有走脱。枪刺围住了他,他手中还攥住一块木板与一只旧鞋。拉倒了,大刀亮出来,孩子喊了声"妈!"血溅出去多远,身子还抽动,头已悬在电线杆子上!

我连吐口唾沫的力量都没有了,天地都在我眼前翻转。杀人,看见过,我不怕。我是不平!我是不平!请记住这句,这就是前面所说过的,"我看出一点意思"的那点意思。想想看,把整串的金银镯子提回营去,而后出来杀个拾了双破鞋的孩子,还说就地正"法"呢!天下要有这个"法",我×"法"的亲娘祖奶奶!请原谅我的嘴这么野,但是这种事恐怕也不大文明吧?

事后,我听人家说,这次的兵变是有什么政治作用,所以打抢的兵在事后还出来弹压地面。连头带尾,一切都是预先想好了的。什么政治作用?咱不懂!咱只想再骂街。可是,就凭咱这么个"臭脚巡",骂街又有什么用呢!

九

简直我不愿再提这回事了,不过为圆上场面,我总得把问题提出来;提出来放在这里,比我聪明的人有的是,让他们自己去细咂摸吧!

怎么会"政治作用"里有兵变?

若是有意教兵来抢,当初干吗要巡警?

巡警到底是干吗的?是只管在街上小便的,而不管抢铺子的吗?

安善良民要是会打抢,巡警干吗去专拿小偷?

人们到底愿意要巡警不愿意?不愿意吧!为什么刚要打架就喊巡警,而且月月往外拿"警捐"?愿意吧!为什么又喜欢巡警不管事:要抢的好去抢,被抢的也一声不言语?

好吧,我只提出这么几个"样子"来吧!问题还多得很呢!我既不能去解决,也就不便再瞎叨叨了。这几个"样子"就真够教我糊涂的了,怎想怎不对,怎摸不清哪里是哪里,一会儿它有头有尾,一会儿又没头没尾,我这点聪明不够想这么大的事的。

我只能说这么一句老话,这个人民,连官儿,兵丁,巡警,带安善的良民,都"不够本"!所以,我心中的空儿就更大了呀!在这群"不够本"的人们里活着,就是个对付劲儿,别讲究什么"真"事儿,我算是看明白了。

还有个好字眼儿,别忘下:"汤儿事"。谁要是跟我一样,想不出什么好办法来,顶好用这个话,又现成,又恰当,而且可以不至把自己绕糊涂了。"汤儿事",完了;如若还嫌稍微秃一点呢,再补上"真他妈的",就挺合适。

十

　　不须再发什么议论,大概谁也能看清楚咱们国的人是怎回事了。由这个再谈到警察,稀松二五眼正是理之当然,一点也不出奇。就拿抓赌来说吧:早年间的赌局都是由顶有字号的人物作后台老板;不但官面上不能够抄拿,就是出了人命也没有什么了不得的;赌局里打死人是常有的事。赶到有了巡警之后,赌局还照旧开着,敢去抄吗?这谁也能明白,不必我说。可是,不抄吧,又太不像话;怎么办呢?有主意,检着那老实的办几案,拿几个老头儿老太太,抄去几打儿纸牌,罚上十头八块的。巡警呢,算交上了差事;社会上呢,大小也有个风声,行了。拿这一件事比方十件事,警察自从一开头就是抹稀泥。它养着一群混饭吃的人,作些个混饭吃的事。社会上既不需要真正的巡警,巡警也犯不上为六块钱卖命。这很清楚。

　　这次兵变过后,我们的困难增多了老些。年轻的小伙子们,抢着了不少的东西,总算发了邪财。有的穿着两件马褂,有的十个手指头戴着十个戒指,都扬扬得意的在街上扭,斜眼看着巡警,鼻子里哽哽的哼白气。我只好低下头去,本来吗,那么大的阵式,我们巡警都一声没出,事后还能怨人家小看我们吗?赌局到处都是,白抢来的钱,输光了也不折本儿呀!我们不敢去抄,想抄也抄不过来,太多了。我们在墙儿外听见人家里面喊"人九","对子",只作为没听见,轻轻的走过去。反正人们在院儿里头耍,不到街上来就行。哼!人们连这点面子也不给咱们留呀!那穿两件马褂的小伙子们偏要显出一点也不怕巡警——他们的祖父,爸爸,就没怕过巡警,也没见过巡警,他们为什么这辈子应当受巡警的气呢?——单要来到街上赌一场。有骰子就能开宝,蹲在地上就玩起活来。有一对石球就能踢,

我这一辈子 ‖ 茶馆·柳家大院
Tea House & Liu Family Courtyard

两人也行,五个人也行,"一毛钱一脚,踢不踢?好啦!'倒回来!'"拍,球碰了球,一毛。耍儿真不小呢,一点钟里也过手好几块。这都在我们鼻子底下,我们管不管呢?管吧!一个人,只佩着连豆腐也切不齐的刀,而赌家老是一帮年轻的小伙子。明人不吃眼前亏,巡警得绕着道儿走过去,不管的为是。可是,不幸,遇见了稽察,"你难道瞎了眼,看不见他们聚赌?"回去,至轻是记一过。这份儿委屈上哪儿诉去呢?

这样的事还多得很呢!以我自己说,我要不是佩着那么把破刀,而是拿着把手枪,跟谁我也敢碰碰,六块钱的饷银自然合不着卖命,可是泥人也有个土性,架不住碰在气头儿上。可是,我摸不着手枪,枪在土匪和大兵手里呢。

明明看见了大兵坐了车不给钱,而且用皮带抽洋车夫,我不敢不笑着把他劝了走。他有枪,他敢放,打死个巡警算得了什么呢!有一年,在三等窑子里,大兵们打死了我们三位弟兄,我们连凶首也没要出来。三位弟兄白白的死了,没有一个抵偿的,连一个挨几十军棍的也没有!他们的枪随便放,我们赤手空拳,我们这是文明事儿呀!

总而言之吧,在这么个以蛮横不讲理为荣,以破坏秩序为增光耀祖的社会里,巡警简直是多余。明白了这个,再加上我们前面所说过的食不饱力不足那一套,大概谁也能明白个八九成了。我们不抹稀泥,怎么办呢?我——我是个巡警——并不求谁原谅,我只是愿意这么说出来,心明眼亮,好教大家心里有个谱儿。

爽性我把最泄气的也说了吧:

当过了一二年差事,我在弟兄们中间已经是个了不得的人物。遇见官事,长官们总教我去挡头一阵。弟兄们并不因此而忌妒我,因为对大家的私事我也不走在后边。这样,每逢出个排长的缺,大家总对我咕唧:"这回一定是你补缺了!"仿佛他们非常希望要我这么个排长似的。虽然排长并没落在我身上，可是我的才干是大家知道的。

我的办事诀窍，就是从前面那一大堆话中抽出来的。比方说吧，有人来报被窃，巡长和我就去察看。糙糙的把门窗户院看一过儿，顺口搭音就把我们在哪儿有岗位，夜里有几趟巡逻，都说得详详细细，有滋有味，仿佛我们比谁都精细，都卖力气。然后，找门窗不甚严密的地方，话软而意思硬的开始反攻："这扇门可不大保险，得安把洋锁吧？告诉你，安锁要往下安，门坎那溜儿就很好，不容易教贼摸到。屋里养着条小狗也是办法，狗圈在屋里，不管是多么小，有动静就会汪汪，比院里放着三条大狗还有用。先生你看，我们多留点神，你自己也得注点意，两下一凑合，准保丢不了东西了。好吧，我们回去，多派几名下夜的就是了；先生歇着吧！"这一套，把我们的责任卸了，他就赶紧得安锁养小狗；遇见和气的主儿呢，还许给我们泡壶茶喝。这就是我的本事。怎么不负责任，而且不教人看出抹稀泥来，我就怎办。话要说得好听，甜嘴蜜舌的把责任全推到一边去，准保不招灾不惹祸。弟兄们都会这一套，可是他们的嘴与神气差着点劲儿。一句话有多少种说法，把神气弄对了地方，话就能说出去又拉回来，像有弹簧似的。这点，我比他们强，而且他们还是学不了去，这是天生来的才分！

赶到我独自下夜，遇见贼，你猜我怎么办？我呀！把佩刀攥在手里，省得有响声；他爬他的墙，我走我的路，各不相扰。好吗，真要教他记恨上我，藏在黑影儿里给我一砖，我受得了吗？那谁，傻王九，不是瞎了一只眼吗？他还不是为拿贼呢！有一天，他和董志和在街口上强迫给人们剪发，一人手里一把剪刀，见着带小辫的，拉过来就是一剪子。哼！教人家记上了。等傻王九走单了的时候，人家照准了他的眼就是一把石灰："让你剪我的发，×你妈妈的！"他的眼就那么瞎了一只。你说，这差事要不像我那么去当，还活着不活着呢？

凡是巡警们以为该干涉的，人们都以为是"狗拿耗子多管闲事"，有什么法子呢？

我不能像傻王九似的，平白无故的丢去一只眼睛，我还留着眼睛看这个世界呢！轻手蹑脚的躲开贼，我的心里并没闲着，我想我那俩没娘的孩子，我算计这一个月的嚼谷。也许有人一五一十的算计，而用洋钱作单位吧？我呀，得一个铜子一个铜子的算。多几个铜子，我心里就宽绰；少几个，我就得发愁。还拿贼，谁不穷呢？穷到无路可走，谁也会去偷，肚子才不管什么叫作体面呢！

十一

这次兵变过后，又有一次大的变动：大清国改为中华民国了。改朝换代是不容易遇上的，我可是并没觉得这有什么意思。说真的，这百年不遇的事情，还不如兵变热闹呢。据说，一改民国，凡事就由人民主管了；可是我没看见。我还是巡警，饷银没有增加，天天出来进去还是那一套。原先我受别人的气，现在我还是受气；原先大官儿们的车夫仆人欺负我们，现在新官儿手底下的人也并不和气。"汤儿事"还是"汤儿事"，倒不因为改朝换代有什么改变。可也别说，街上剪发的人比从前多了一些，总得算作一点进步吧。牌九押宝慢慢的也少起来，贫富人家都玩"麻将"了，我们还是照样的不敢去抄赌，可是赌具不能不算改了良，文明了一些。

民国的民倒不怎样，民国的官和兵可了不得！像雨后的蘑菇似的，不知道哪儿来的这么些官和兵。官和兵本不当放在一块儿说，可是他们的确有些相像的地方。昨天还一脚黄土泥，今天作了官或当了兵，立刻就瞪眼；越糊涂，眼越瞪得大，好像是糊涂灯，糊涂得透亮儿。这群糊涂玩艺儿听不懂哪叫好话，哪叫歹话，无论你说什么；

他们总是横着来。他们糊涂得教人替他们难过,可是他们很得意。有时候他们教我都这么想了:我这辈大概作不了文官或是武官啦!因为我糊涂的不够程度!

　　几乎是个官儿就可以要几名巡警来给看门护院,我们成了一种保镖的,挣着公家的钱,可为私人作事。我便被派到宅门里去。从道理上说,为官员看守私宅简直不能算作差事;从实利上讲,巡警们可都愿意这么被派出来。我一被派出来,就拔升为"三等警";"招募警"还没有被派出来的资格呢!我到这时候才算入了"等"。再说呢,宅门的事情清闲,除了站门,守夜,没有别的事可作;至少一年可以省出一双皮鞋来。事情少,而且外带着没有危险;宅里的老爷与太太若打起架来,用不着我们去劝,自然也就不会把我们打在底下而受点误伤。巡夜呢，不过是绕着宅子走两圈，准保遇不上贼；墙高狗厉害，小贼不能来，大贼不便于来——大贼找退职的官儿去偷，既有油水，又不至于引起官面严拿；他们不惹有势力的现任官。在这里，不但用不着去抄赌，我们反倒保护着老爷太太们打麻将。遇到宅里请客玩牌，我们就更清闲自在：宅门外放着一片车马，宅里到处亮如白昼，仆人来往如梭，两三桌麻将，四五盏烟灯，彻夜的闹哄，绝不会闹贼，我们就睡大觉，等天亮散局的时候，我们再出来站门行礼，给老爷们助威。要赶上宅里有红白事，我们就更合适：喜事唱戏，我们跟着白听戏，准保都是有名的角色，在戏园子里绝听不到这么齐全。丧事呢，虽然没戏可听，可是死人不能一半天就抬出去，至少也得停三四十天，念好几棚经；好了，我们就跟着吃吧；他们死人，咱们就吃犒劳。怕就怕死小孩，既不能开吊，又得听着大家呕呕的真哭。其次是怕小姐偷偷跑了，或姨太太有了什么大错而被休出去，我们捞不着吃喝看戏，还得替老爷太太们怪不得劲儿的！

　　教我特别高兴的，是当这路差事，出入也随便了许多，我可以常常回家看看孩子们。在"区"里或"段"上，请会儿浮假都好不容易，因为无论是在"内勤"或"外勤"，工作是刻板儿排好了的，不易调换更动。在宅门里，我站完门便没了我的事，只须对弟兄们说一声就可以走半天。这点好处常常教我害怕，怕再调回"区"里去；我的孩子们没有娘，还不多教他们看看父亲吗？

　　就是我不出去，也还有好处。我的身上既永远不疲乏，心里又没多少事儿，闲着干什么呢？我呀，宅上有的是报纸，闲着就打头到底的念。大报小报，新闻社论，明白吧不明白吧，我全念，老念。这个，帮助我不少，我多知道了许多的事，多识了许多的字。有许多字到如今我还念不出来，可是看惯了，我会猜出它们的意思来，就好像街面上常见着的人，虽然叫不上姓名来，可是彼此怪面善。除了报纸,我还满世界去借闲书看。不过,比较起来,还是念报纸的益处大,事情多,字眼儿杂,看着开心。唯其事多字多,所以才费劲;念到我不能明白的地方,我只好再拿起闲书来了。闲书老是那一套,看了上回,猜也会猜到下回是什么事;正因为它这样,所以才不必费力,看着玩玩就算了。报纸开心,闲书散心,这是我的一点经验。

在门儿里可也有坏处:吃饭就第一成了问题。在"区"里或"段"上,我们的伙食钱是由饷银里坐地儿扣,好歹不拘,天天到时候就有饭吃。派到宅门里来呢,一共三五个人,绝不能找厨子包办伙食,没有厨子肯包这么小的买卖的。宅里的厨房呢,又不许我们用;人家老爷们要巡警,因为知道可以白使唤几个穿制服的人,并不大管这群人有肚子没有。我们怎办呢?自己起灶,作不到,买一堆盆碗锅勺,知道哪时就又被调了走呢?再说,人家门头上要巡警原为体面好看,好,我们若是给人家弄得盆朝天碗朝地,刀勺乱响,成何体统呢?没法子,只好买着吃。

这可够别扭的。手里若是有钱,不用说,买着吃是顶自由了,爱吃什么就叫什么,弄两盅酒儿伍的,叫俩可口的菜,岂不是个乐子?请别忘了,我可是一月才共总进六块钱!吃的苦还不算什么,一顿一顿想主意可真教人难过,想着想着我就要落泪。我要省钱,还得变个样儿,不能老啃干馍馍辣饼子,像填鸭子似的。省钱与可口简直永远不能碰到一块,想想钱,我认命吧,还是弄几个干烧饼,和一块老腌萝卜,对付一下吧;想到身子,似乎又不该如此。想,越想越难过,越不能决定;一直饿到太阳平西还没吃上午饭呢!

我家里还有孩子呢!我少吃一口,他们就可以多吃一口,谁不心疼孩子呢?吃着包饭,我无法少交钱;现在我可以自由的吃饭了,为什么不多给孩子们省出一点来呢?好吧,我有八个烧饼才够,就硬吃六个,多喝两碗开水,来个"水饱"!我怎能不落泪呢!

看看人家宅门里吧，老爷挣钱没数儿！是呀，只要一打听就能打听出来他拿多少薪俸，可是人家绝不指着那点固定的进项，就这么说吧，一月挣八百块的，若是干挣八百块，他怎能那么阔气呢？这里必定有文章。这个文章是这样的，你要是一月挣六块钱，你就死挣那个数儿，你兜儿里忽然多出一块钱来，都会有人斜眼看你，给你造些谣言。你要是能挣五百块，就绝不会死挣这个数儿，而且你的钱越多，人们越佩服你。这个文章似乎一点也不合理，可是它就是这么作出来的，你爱信不信！

报纸与宣讲所里常常提倡自由；事情要是等着提倡，当然是原来没有。我原没有自由；人家提倡了会子，自由还没来到我身上，可是我在宅门里看见它了。民国到底是有好处的，自己有自由没有吧，反正看见了也就得算开了眼。

你瞧，在大清国的时候，凡事都有个准谱儿；该穿蓝布大褂的就得穿蓝布大褂，有钱也不行。这个，大概就应叫作专制吧！一到民国来，宅门里可有了自由，只要有钱，你爱穿什么，吃什么，戴什么，都可以，没人敢管你。所以，为争自由，得拼命的去搂钱；搂钱也自由，因为民国没有御史。你要是没在大宅门待过，大概你还不信我的话呢，你去看看好了。现在的一个小官都比老年间的头品大员多享着点福：讲吃的，现在交通方便，山珍海味随便的吃，只要有钱。吃腻了这些还可以拿西餐洋酒换换口味；哪一朝的皇上大概也没吃过洋饭吧？讲穿的，讲戴的；讲看的听的，使的用的，都是如此；坐在屋里你可以享受全世界最好的东西。如今享福的人才真叫作享福，自然如今搂钱也比从前自由的多。别的我不敢说，我准知道宅门里的姨太太擦五十块钱一小盒的香粉，是由什么巴黎来的；巴黎在哪儿？我不知道，反正那里来的粉是很贵。我的邻居李四，把个胖小子卖了，才得到四十块钱，足见这香粉贵到什么地步了，一定是又细又香呀,一定!

好了,我不再说这个了;紧自贫嘴恶舌,倒好像我不赞成自由似的,那我哪敢呢!

我再从另一方面说几句,虽然还是话里套话,可是多少有点变化,好教人听着不俗气厌烦。刚才我说人家宅门里怎样自由,怎样阔气,谁可也别误会了人家作老爷的就整天的大把往外扔洋钱,老爷们才不这么傻呢!是呀,姨太太擦比一个小孩还贵的香粉,但是姨太太是姨太太,姨太太有姨太太的造化与本事。人家作老爷的给姨太太买那么贵的粉,正因为人家有地方可以抠出来。你就这么说吧,好比你作了老爷,我就能按着宅门的规矩告诉你许多诀窍:你的电灯,自来水,煤,电话,手纸,车马,天棚,家具,信封信纸,花草,都不用花钱;最后,你还可以白使唤几名巡警。这是规矩,你要不明白这个,你简直不配作老爷。告诉你一句到底的话吧,作老爷的要空着手儿来,满膛满馅的去,就好像刚惊蛰后的臭虫,来的时候是两张皮,一会儿就变成肚大腰圆,满兜儿血。这个比喻稍粗一点,意思可是不错。自由的搂钱,专制的省钱,两下里一合,你的姨太太就可以擦巴黎的香粉了。这句话也许说得太深奥了一些,随便吧!你爱懂不懂。

这可就该说到我自己了。按说,宅门里白使唤了咱们一年半载,到节了年了的,总该有个人心,给咱们哪怕是顿犒劳饭呢,也大小是个意思。哼!休想!人家作老爷的钱都留着给姨太太花呢,巡警算哪道货?等咱被调走的时候,求老爷给"区"里替我说句好话,咱都得感激不尽。

你看,命令下来,我被调到别处。我把铺盖卷打好,然后恭而敬之的去见宅上的老爷。看吧,人家那股子劲儿大了去啦!带理不理的,倒仿佛我偷了他点东西似的。我托咐了几句:求老爷顺便和"区"里说一声,我的差事当得不错。人家微微的一抬眼皮,连个屁都懒得放。我只好退出来了,人家连个拉铺盖的车钱也不给;我得自己把它扛了走。这就是他妈的差事,这就是他妈的人情!

十二

机关和宅门里的要人越来越多了。我们另成立了警卫队,一共有五百人,专作那义务保镖的事。为是显出我们真能保卫老爷们,我们每人有一杆洋枪,和几排子弹。对于洋枪——这些洋枪——我一点也不感觉兴趣:它又沉,又老,又破,我摸不清这是由哪里找来的一些专为压人肩膀,而一点别的用处没有的玩艺儿。我的子弹老在腰间围着,永远不准往枪里搁;到了什么大难临头,老爷们都逃走了的时候,我们才安上刺刀。

这可并非是说,我可以完全不管那枝破家伙;它虽然是那么破,我可得给它支使着。枪身里外,连刺刀,都得天天擦;即使永远擦不亮,我的手可不能闲着。心到神知!再说,有了枪,身上也就多了些玩艺儿,皮带,刺刀鞘,子弹袋子,全得弄得利落抹腻,不能像猪八戒挎腰刀那么懈懈松松的,还得打裹腿呢!

多出这么些事来,肩膀上添了七八斤的分量,我多挣了一块钱;现在我是一个月挣七块大洋了,感谢天地!

七块钱,扛枪,打裹腿,站门,我干了三年多。由这个宅门串到那个宅门,由这个衙门调到那个衙门;老爷们出来,我行礼;老爷进去,我行礼。这就是我的差事。这种差事才毁人呢:你说没事作吧,又有事;说有事作吧,又没事。还不如上街站岗去呢。在街上,至少得管点事,用用心思。在宅门或衙门,简直永远不用费什么一点脑子。赶到在闲散的衙门或汤儿事的宅子里,连站门的时候都满可以随便,挂着枪立着也行,抱着枪打盹也行。这样的差事教人不起一点

文学的 fragrance 味道

儿劲，它生生的把人耗疲了。一个当仆人的可以有个盼望，哪儿的事情甜就想往哪儿去，我们当这份儿差事，明知一点好来头没有，可是就那么一天天的穷耗，耗得连自己都看不起了自己。按说，这么空闲无事，就应当吃得白白胖胖，也总算个体面呀。哼！我们并蹲不出膘儿来。我们一天老绕着那七块钱打算盘，穷得揪心。心要是揪上，还怎么会发胖呢？以我自己说吧，我的孩子已到上学的年岁了，我能不教他去吗？上学就得花钱，古今一理，不算出奇，可是我上哪里找这份钱去呢？作官的可以白占许多许多便宜，当巡警的连孩子白念书的地方也没有。上私塾吧，学费节礼，书籍笔墨，都是钱。上学校吧，制服，手工材料，种种本子，比上私塾还费的多。再说，孩子们在家里，饿了可以掰一块窝窝头吃；一上学，就得给点心钱，即使咱们肯教他揣着块窝窝头去，他自己肯吗？小孩的脸是更容易红起来的。

我简直没办法。这么大个活人，就会干瞪着眼睛看自己的儿女在家里荒荒着！我这辈无望了，难道我的儿女应当更不济吗？看着人家宅门的小姐少爷去上学，喝！车接车送，到门口还有老妈子丫环来接书包，抱进去，手里拿着橘子苹果，和新鲜的玩具。人家的孩子这样，咱的孩子那样；孩子不都是将来的国民吗？我真想辞差不干了。我楞当仆人去，弄俩零钱，好教我的孩子上学。

可是人就是别入了辙，入到哪条辙上便一辈子拔不出腿来。当了几年的差事——虽然是这样的差事——我事事入了辙，这里有朋友，有说有笑，有经验，它不教我起劲，可是我也仿佛不大能狠心的离开它。再说，一个人的虚荣心每每比金钱还有力量，当惯了差，总以为去当仆人是往下走一步，虽然可以多挣些钱。这可笑，很可笑，可是人就是这么个玩艺儿。我一跟朋友们说这个，大家都摇头。有的说，大家混的都很好的，干吗去改行？有的说，这山望着那山高，咱们这些苦人干什么也发不了财，先忍着吧！有的说，人家中学毕业生还有当"招募警"的呢,咱们有这个差事当,就算不错;何必呢?连巡官都对我说了:好歹混着吧,这是差事;凭你的本事,日后总有升腾!大家这么一说,我的心更活了,仿佛我要是固执起来,倒不大对得住朋友似的。好吧,还往下混吧。小孩念书的事呢?没有下文!

不久,我可有了个好机会。有位冯大人哪,官职大得很,一要就要十二名警卫;四名看门,四名送信跑道,四名作跟随。这四名跟随得会骑马。那时候,汽车还没出世,大官们都讲究坐大马车。在前清的时候,大官坐轿或坐车,不是前有顶马,后有跟班吗?这位冯大人愿意恢复这点官威,马车后得有四名带枪的警卫。敢情会骑马的人不好找,找遍了全警卫队,才找到了三个;三条腿不大像话,连巡官都急得直抓脑袋。我看出便宜来了:骑马,自然得有粮钱哪!为我的小孩念书起见,我得冒下子险,假如从马粮钱里能弄出块儿八毛的来,孩子至少也可以去私塾了。按说,这个心眼不甚好,可是我这是卖着命,我并不会骑马呀!我告诉了巡官,我愿意去。他问我会骑马不会?我没说我会,也没说我不会;他呢,反正找不到别人,也就没究根儿。

有胆子,天下便没难事。当我头一次和马见面的时候,我就合计好了:摔死呢,孩子们入孤儿院,不见得比在家里坏;摔不死呢,好,孩子们可以念书去了。这么一来,我就先不怕马了。我不怕它,它就得怕我,天下的事不都是如此吗?再说呢,我的腿脚利落,心里又灵,跟那三位会骑马的瞎扯巴了一会儿,我已经把骑马的招数知道了不少。找了匹老实的,我试了试,我手心里攥着把汗,可是硬说我有了把握。头几天,我的罪过真不小,浑身像散了一般,屁股上见了血。我咬了牙。等到伤好了,我的胆子更大起来,而且觉出来骑马的快乐。跑,跑,车多快,我多快,我算是治服了一种动物!

我把马治服了,可是没把粮草钱拿过来,我白冒了险。冯大人家中有十几匹马呢,另有看马的专人,没有我什么事。我几乎气病了。可是，不久我又高兴了：冯大人的官职是这么大，这么多，他简直没有回家吃饭的工夫。我们跟着他出去，一跑就是一天。他当然喽，到处都有饭吃，我们呢？我们四个人商议了一下，决定跟他交涉，他在哪里吃饭，也得有我们的。冯大人这个人心眼还不错，他很爱马，爱面子，爱手下的人。我们一对他说，他马上答应了。这个，可是个便宜。不用往多里说。我们要是一个月准能在外边白吃半个月的饭，我们不就省下半个月的饭钱吗？我高了兴！

冯大人，我说，很爱面子。当我们去见他交涉饭食的时候，他细细看了看我们。看了半天，他摇了摇头，自言自语的说："这可不行！"我以为他是说我们四个人不行呢，敢情不是。他登时要笔墨，写了个条子："拿这个见总队长去，教他三天内都办好！"把条子拿下来，我们看了看，原来是教队长给我们换制服：我们平常的制服是斜纹布的，冯大人现在教换呢子的；袖口，裤缝，和帽箍，一律要安金绦子。靴子也换，要过膝的马靴。枪要换上马枪，还另外给一人一把手枪。看完这个条子，连我们自己都觉得不合适：长官们才能穿呢衣，镶金绦，我们四个是巡警，怎能平白无故的穿上这一套呢？自然，我们不能去教冯大人收回条子去，可是我们也怪不好意思去见总队长。总队长要是不敢违抗冯大人，他满可以对我们四个人发发脾气呀！

你猜怎么着？总队长看了条子，连大气没出，照话而行，都给办了。你就说冯大人有多么大的势力吧！喝！我们四个人可抖起来了，真正细黑呢制服，镶着黄登登的金绦，过膝的黑皮长靴，靴后带着白亮亮的马刺，马枪背在背后，手枪挎在身旁，枪匣外搭拉着长杏黄穗子。简直可以这么说吧，全城的巡警的威风都教我们四个人给夺过来了。我们在街上走，站岗的巡警全都给我们行礼，以为我们是大官儿呢！

当我作裱糊匠的时候，稍微讲究一点的烧活，总得糊上匹菊花

我这一辈子‖茶馆·柳家大院
Tea House & Liu Family Courtyard

青的大马。现在我穿上这么抖的制服,我到马棚去挑了匹菊花青的马,这匹马非常的闹手,见了人是连啃带踢;我挑了它,因为我原先糊过这样的马,现在我得骑上匹活的;菊花青,多么好看呢!这匹马闹手,可是跑起来真作脸,头一低,嘴角吐着点白沫,长鬃像风吹着一垄春麦,小耳朵立着像俩小瓢儿;我只须一认镫,它就要飞起来。这一辈子,我没有过什么真正得意的事;骑上这匹菊花青大马,我必得说,我觉到了骄傲与得意!

按说,这回的差事总算过得去了,凭那一身衣裳与那匹马还不值得高高兴兴的混吗?哼!新制服还没穿过三个月,冯大人吹了台,警卫队也被解散;我又回去当三等警了。

十三

警卫队解散了。为什么?我不知道。我被调到总局里去当差,并且得了一面铜片的奖章,仿佛是说我在宅门里立下了什么功劳似的。在总局里,我有时候管户口册子,有时候管铺捐的账簿,有时候值班守大门,有时候看管军装库。这么二三年的工夫,我又把局子里的事情全明白了个大概。加上我以前在街面上,衙门口和宅门里的那些经验,我可以算作个百事通了,里里外外的事,没有我不晓得的。要提起警务,我是地道内行。可是一直到这个时候,当了十年的差,我才升到头等警,每月挣大洋九元。

大家伙或者以为巡警都是站街的,年轻轻的好管闲事。其实,我们还有一大群人在区里局里藏着呢。假若有一天举行总检阅,你就可以看见些稀奇古怪的巡警:罗锅腰的,近视眼的,掉了牙的,瘸着腿的,无奇不有。这些怪物才真是巡警中的盐,他们都有资格有经验,识文断字,一切公文案件,一切办事的诀窍,都在他们手里呢。要是没有他们，街上的巡警就非乱了营不可。这些人，可是永远不会升腾起来；老给大家办事，一点起色也没有，平生连出头露面的体面一次都没有过。他们任劳任怨的办事，一直到他们老得动不了窝，老是头等警，挣九块大洋。多咱你在街上看见：穿着洗得很干净的灰布大褂，脚底下可还穿着巡警的皮鞋，用脚后跟慢慢的走，仿佛支使不动那双鞋似的，那就准是这路巡警。他们有时候也到大"酒缸"上，喝一个"碗酒"，就着十几个花生豆儿，挺有规矩，一边往下咽那点辣水，一边叹着气。头发已经有些白了，嘴巴儿可还刮得很光，猛看很像个太监。他们很规则，和蔼，会作事，他们连休息的时候还得穿着那双不得人心的鞋！

　　跟这群人在一处办事，我长了不少的知识。可是，我也有点害怕：莫非我也就这样下去了吗？他们够多么可爱，又多么可怜呢！看着他们，我心中时常忽然凉那么一下，教我半天说不上话来。不错，我比他们都年岁小，也不见得比他们不精明，可是我有希望没有呢？年岁小？我也三十六了！

　　这几年在局子里可也有一样好处，我没受什么惊险。这几年，正是年年春秋准打仗的时期，旁人受的罪我先不说，单说巡警们就真够瞧的。一打仗，兵们就成了阎王爷，而巡警头朝了下！要粮，要车，要马，要人，要钱，全交派给巡警，慢一点送上去都不行。一说要烙饼一万斤，得，巡警就得挨着家去到切面铺和烙烧饼的地方给要大饼；饼烙得，还得押着清道夫给送到营里去；说不定还挨几个嘴巴回来！

　　要单是这么伺候着兵老爷们，也还好；不，兵老爷们还横反呢。凡是有巡警的地方，他们非捣乱不可，巡警们管吧不好，不管吧也不好，活受气。世上有糊涂人，我晓得；但是兵们的糊涂令我不解。他们只为逞一时的字号，完全不讲情理；不讲情理也罢，反正得自己别吃亏呀；不，他们连自己吃亏不吃亏都看不出来，你说天下哪里再找这么糊涂的人呢。就说我的表弟吧，他已当过十多年的兵，后来几年还老是排长，按说总该明白点事儿了。哼！那年打仗，他押着十几名俘虏往营里送。喝！他得意非常的在前面领着，仿佛是个皇上似的。他手下的弟兄都看出来，为什么不先解除了俘虏的武装呢？他可就是不这么办，拍着胸膛说一点错儿没有。走到半路上，后面响了枪，他登时就死在了街上。他是我的表弟，我还能盼着他死吗？可是这股子糊涂劲儿，教我也没法抱怨开枪打他的人。有这样一个例子，你也就能明白一点兵们是怎样的难对付了。你要是告诉他，汽车别往墙上开，好啦，他就非去碰碰不可，把他自己碰死倒可以，他就是不能听你的话。

在总局里几年，没别的好处，我算是躲开了战时的危险与受气。自然罗！一打仗，煤米柴炭都涨价儿，巡警们也随着大家一同受罪，不过我可以安坐在公事房里，不必出去对付大兵们，我就得知足。

可是，在局里我又怕一辈子就窝在那里，永没有出头之日，有人情，可以升腾起来；没人情而能在外边拿贼办案，也是个路子，我既没人情，又不到街面上去，打哪儿升高一步呢？我越想越发愁。

十四

到我四十岁那年，大运亨通，我补了巡长！我顾不得想已经当了多少年的差，卖了多少力气，和巡长才挣多少钱；都顾不得想了。我只觉得我的运气来了！

小孩子拾个破东西，就能高兴的玩耍半天，所以小孩子能够快乐。大人们也得这样，或者才能对付着活下去。细细一想，事情就全糟。我升了巡长，说真的，巡长比巡警才多挣几块钱呢？挣钱不多，责任可有多么大呢！往上说，对上司们事事得说出个谱儿来；往下说，对弟兄们得及精明又热诚；对内说，差事得交得过去；对外说，得能不软不硬的办了事。这，比作知县难多了。县长就是一个地方的皇上，巡长没那个身分，他得认真办事，又得敷衍事，真真假假，虚虚实实，哪一点没想到就出蘑菇。出了蘑菇还是真糟，往上升腾不易呀，往下降可不难呢。当过了巡长再降下来，派到哪里去也不吃香：弟兄们咬吃，喝！你这作过巡长的，……这个那个的扯一堆。长官呢，看你是刺儿头，故意的给你小鞋穿，你怎么忍也忍不下去。怎办呢？哼！由巡长而降为巡警，顶好干脆卷铺盖家去，这碗饭不必再吃了。可是，以我说吧，四十岁才升上巡长，真要是卷了铺盖，我干吗去呢？

真要是这么一想，我登时就得白了头发。幸而我当时没这么想，只顾了高兴，把坏事儿全放在了一旁。我当时倒这么想：四十作上巡长，五十——哪怕是五十呢！——再作上巡官，也就算不白当了差。咱们非学校出身，又没有大人情，能作到巡官还算小吗？这么一想，我简直的拼了命，精神百倍的看着我的事，好像看着颗夜明珠似的！

作了二年的巡长，我的头上真见了白头发。我并没细想过一切，可是天天揪着心，唯恐哪件事办错了，担了处分。白天，我老喜笑颜开的打着精神办公；夜间，我睡不实在，忽然想起一件事，我就受了一惊似的，翻来覆去的思索；未必能想出办法来，我的困意可也就不再回来了。

公事而外，我为我的儿女发愁：儿子已经二十了，姑娘十八。福海——我的儿子——上过几天私塾，几天贫儿学校，几天公立小学。字吗，凑在一块儿他大概能念下来第二册国文；坏招儿，他可学会了不少，私塾的，贫儿学校的，公立小学的，他都学来了，到处准能考一百分，假若学校里考坏招数的话。本来吗，自幼失了娘，我又终年在外边瞎混，他可不是爱怎么反就怎么反啵。我不恨铁不成钢去责备他,也不抱怨任何人,我只恨我的时运低,发不了财,不能好好的教育他。我不算对不起他们,我一辈子没给他们弄个后娘,给他们气受。至于我的时运不济,只能当巡警,那并非是我的错儿,人还能大过天去吗?

福海的个子可不小,所以很能吃呀!一顿胡搂三大碗芝麻酱拌面,有时候还说不很饱呢!就凭他这个吃法,他再有我这么两份儿爸爸也不中用!我供给不起他上中学,他那点"秀气"也没法考上。我得给他找事作。哼!他会作什么呢?

从老早,我心里就这么嘀咕:我的儿子楞可去拉洋车,也不去当巡警;我这辈子当够了巡警,不必世袭这份差事了!在福海十二三岁的时候,我教他去学手艺,他哭着喊着的一百个不去。不去就不去吧,等他长两岁再说;对个没娘的孩子不就得格外心疼吗?到了十五岁,我给他找好了地方去学徒,他不说不去,可是我一转脸,他就会跑回家来。几次我送他走,几次他偷跑回来。于是只好等他再大一点吧,等他心眼转变过来也许就行了。哼!从十五到二十,他就愣荒荒过来,能吃能喝,就是不爱干活儿。赶到教我给逼急了:"你到底愿意干什么呢?你说!"他低着脑袋,说他愿意挑巡警!他觉得穿上制服,在街上走,既能挣钱,又能就手儿散心,不像学徒那样永远圈在屋里。我没说什么,心里可刺着痛。我给打了个招呼,他挑上了巡警。我心里痛不痛的,反正他有事作,总比死吃我一口强啊。父是英雄儿好汉,爸爸巡警儿子还是巡警,而且他这个巡警还必定跟不上我。我到四十岁才熬上巡长,他到四十岁,哼!不教人家开革出来就是好事!没盼望!我没续娶过,因为我咬得住牙。他呢,赶明儿个难道不给他成家吗?拿什么养着呢?

是的,儿子当了差,我心中反倒堵上个大疙疸!

再看女儿呀,也十八九了,紧自搁在家里算怎回事呢?当然,早早撮出去的为是,越早越好。给谁呢?巡警,巡警,还得是巡警?一个人当巡警,子孙万代全得当巡警,仿佛掉在了巡警阵里似的。可是,不给巡警还真不行呢:论模样,她没什么模样;论教育,她自幼没娘,只认识几个大字;论赔送,我至多能给她作两件洋布大衫;论本事,她只能受苦,没别的好处。巡警的女儿天生来的得嫁给巡警,八字造定,谁也改不了!

唉!给了就给了呗!撮出她去,我无论怎说也可以心净一会儿。并非是我心狠哪,想想看,把她撂到二十多岁,还许就剩在家里呢。我对谁都想对得起,可是谁又对得起我来着!我并不想唠里唠叨的发牢骚,不过我愿把事情都撂平了,谁是谁非,让大家看。

当她出嫁的那一天,我真想坐在那里痛哭一场。我可是没有哭;这也不是一半天的事了,我的眼泪只会在眼里转两转,简直的不会往下流!

十五

儿子有了事作，姑娘出了阁，我心里说：这我可能远走高飞了！假若外边有个机会，我楞把巡长搁下，也出去见识见识。什么发财不发财的，我不能就窝囊这么一辈子。

机会还真来了。记得那位冯大人呀，他放了外任官。我不是爱看报吗？得到这个消息，就找他去了，求他带我出去。他还记得我，而且愿意这么办。他教我去再约上三个好手，一共四个人随他上任。我留了个心眼，请他自己向局里要四名，作为是拨遣。我是这么想：假若日后事情不见佳呢，既省得朋友们抱怨我，而且还可以回来交差，有个退身步。他看我的办法不错，就指名向局里调了四个人。

这一喜可非同小喜。就凭我这点经验知识，管保说，到哪儿我也可以作个很好的警察局局长，一点不是瞎吹！一条狗还有得意的那一天呢，何况是个人？我也该抖两天了，四十多岁还没露过一回脸呢！

果然，命令下来，我是卫队长；我乐得要跳起来。

哼！也不是咱的命不好，还是冯大人的运不济；还没到任呢，又撤了差。猫咬尿泡，瞎欢喜一场！幸而我们四个人是调用，不是辞差；冯大人又把我们送回局里去了。我的心里既为这件事难过，又为回局里能否还当巡长发愁，我脸上瘦了一圈。

幸而还好，我被派到防疫处作守卫，一共有六位弟兄，由我带领。这是个不错的差事，事情不多，而由防疫处开我们的饭钱。我不确实的知道，大概这是冯大人给我说了句好话。

在这里，饭钱既不必由自己出，我开始攒钱，为是给福海娶亲——只剩了这么一档子该办的事了，爽性早些办了吧！

在我四十五岁上，我娶了儿媳妇——她的娘家父亲与哥哥都是巡警。可倒好，我这一家子，老少里外，全是巡警，凑吧凑吧，就可以成立个警察分所！

人的行动有时候莫名其妙。娶了儿媳妇以后，也不知怎么我以为应当留下胡子，才够作公公的样子。我没细想自己是干什么的，直入公堂的就留下胡子了。小黑胡子在我嘴上，我捻上一袋关东烟，觉得挺够味儿。本来吗，姑娘聘出去了，儿子成了家，我自己的事又挺顺当，怎能觉得不是味儿呢？

哼！我的胡子惹下了祸。总局局长忽然换了人，新局长到任就检阅全城的巡警。这位老爷是军人出身，只懂得立正看齐，不懂得别的。在前面我已经说过，局里区里都有许多老人们，长相不体面，可是办事多年，最有经验。我就是和局里这群老手儿排在一处的，因为防疫处的守卫不属于任何警区，所以检阅的时候便随着局里的人立在一块儿。

当我们站好了队，等着检阅的时候，我和那群老人们还有说有笑，自自然然的。我们心里都觉得，重要的事情都归我们办，提哪一项事情我们都知道，我们没升腾起来已经算很委屈了，谁还能把我们踢出去吗？上了几岁年纪，诚然，可是我们并没少作事儿呀！即使说老朽不中用了，反正我们都至少当过十五六年的差，我们年轻力壮的时候是把精神血汗耗费在公家的差事上，冲着这点，难道还不留个情面吗？谁能够看狗老了就一脚踢出去呢？我们心中都这么想，所以满没把这回事放在心里，以为新局长从远处瞭我们一眼也就算了。

局长到了，大个子胸前挂满了徽章，又是喊，又是蹦，活像个机器人。我心里打开了鼓。他不按着次序看，一眼看到我们这一排，他猛虎扑食似的就跑过来了。岔开脚，手握在背后，他向我们点了点头。然后忽然他一个箭步跳到我们跟前，抓起一个老书记生的腰带，像摔跤似的往前一拉，几乎把老书记生拉倒；抓着腰带，他前后摇晃了老书记生几把，然后猛一撒手，老书记生摔了个屁股墩。局长对准了他就是两口唾沫，"你也当巡警！连腰带都系不紧？来！拉出去毙了！"

我们都知道，凭他是谁，也不能枪毙人。可是我们的脸都白了，不是怕，是气的。那个老书记生坐在地上，哆嗦成了一团。

局长又看了看我们，然后用手指划了条长线，"你们全滚出去，别再教我看见你们！你们这群东西也配当巡警！"说完这个，仿佛还不解气，又跑到前面，扯着脖子喊："是有胡子的全脱了制服，马上走！"

有胡子的不止我一个，还都是巡长巡官，要不然我也不敢留下这几根惹祸的毛。

二十年来的服务，我就是这么被刷下来了。其实呢，我虽四十多岁，我可是一点也不显着老苍，谁教我留下了胡子呢！这就是说，当你年轻力壮的时候，你把命卖上，一月就是那六七块钱。你的儿子，因为你当巡警，不能读书受教育；你的女儿，因为你当巡警，也嫁个穷汉去吃窝窝头。你自己呢，一长胡子，就算完事，一个铜子的恤金养老金也没有，服务二十年后，你教人家一脚踢出来，像踢开一块碍事的砖头似的。五十以前，你没挣下什么，有三顿饭吃就算不错；五十以后，你该想主意了，是投河呢，还是上吊呢？这就是当巡警的下场头。

二十年来的差事，没作过什么错事，但我就这样卷了铺盖。

弟兄们有含着泪把我送出来的，我还是笑着；世界上不平的事可多了，我还留着我的泪呢！

十六

穷人的命——并不像那些施舍稀粥的慈善家所想的——不是几

碗粥所能救活了的;有粥吃,不过多受几天罪罢了,早晚还是死。我的履历就跟这样的粥差不多,它只能帮助我找上个小事,教我多受几天罪;我还得去当巡警。除了说我当巡警,我还真没法介绍自己呢!它就像颗不体面的痣或瘤子,永远跟着我。我懒得说当过巡警,懒得再去当巡警,可是不说不当,还真连碗饭也吃不上,多么可恶呢!

歇了没有好久,我由冯大人的介绍,到一座煤矿上去作卫生处主任,后来又升为矿村的警察分所所长;这总算运气不坏。在这里我很施展了些我的才干与学问:对村里的工人,我以二十年服务的经验,管理得真叫不错。他们聚赌,斗殴,罢工,闹事,醉酒,就凭我的一张嘴,就事论事,干脆了当,我能把他们说得心服口服。对弟兄们呢,我得亲自去训练。他们之中有的是由别处调来的,有的是由我约来帮忙的,都当过巡警;这可就不容易训练,因为他们懂得一些警察的事儿,而想看我一手儿。我不怕,我当过各样的巡警,里里外外我全晓得;凭着这点经验,我算是没被他们给撅了。对内对外,我全有办法,这一点也不瞎吹。

假若我能在这里混上几年,我敢保说至少我可以积攒下个棺材本儿,因为我的饷银差不多等于一个巡官的,而到年底还可以拿一笔奖金。可是,我刚作到半年,把一切都布置得有个大概了,哼!我被人家顶下来了。我的罪过是年老与过于认真办事。弟兄们满可以拿些私钱,假若我肯睁着一只闭着一只眼的话。我的两眼都睁着,种下了毒。对外也是如此,我明白警察的一切,所以我要本着良心把此地的警务办得完完全全,真像个样儿。还是那句话,人民要不是真正的人民,办警察是多此一举,越办得好越招人怨恨。自然,容我办上几年,大家也许能看出它的好处来。可是,人家不等办好,已经把我踢开了。

在这个社会中办事,现在才明白过来,就得像发给巡警们皮鞋似的。大点，活该！小点，挤脚？活该！什么事都能办通了，你打算合大家的适，他们要不把鞋打在你脸上才怪。这次的失败，因为我忘了那三个宝贝字——"汤儿事"，因此我又卷了铺盖。

这回，一闲就是半年多。从我学徒时候起，我无事也忙，永不懂得偷闲。现在，虽然是奔五十的人了，我的精神气力并不比那个年轻小伙子差多少。生让我闲着，我怎么受呢？由早晨起来到日落，我没有正经事作，没有希望，跟太阳一样，就那么由东而西的转过去；不过，太阳能照亮了世界，我呢，心中老是黑糊糊的。闲得起急，闲得要躁，闲得讨厌自己，可就是摸不着点儿事作。想起过去的劳力与经验，并不能自慰，因为劳力与经验没给我积攒下养老的钱，而我眼看着就是挨饿。我不愿人家养着我，我有自己的精神与本事，愿意自食其力的去挣饭吃。我的耳目好像作贼的那么尖，只要有个消息，便赶上前去，可是老空着手回来，把头低得无可再低，真想一跤摔死，倒也爽快！还没到死的时候，社会像要把我活埋了！晴天大日头的，我觉得身子慢慢往土里陷；什么缺德的事也没作过，可是受这么大的罪。一天到晚我叼着那根烟袋，里边并没有烟，只是那么叼着，算个"意思"而已。我活着也不过是那么个"意思"，好像专为给大家当笑话看呢！

好容易，我弄到个事：到河南去当盐务缉私队的队兵。队兵就队兵吧，有饭吃就行呀！借了钱，打点行李，我把胡子剃得光光的上了"任"。

半年的工夫，我把债还清，而且升为排长。别人花俩，我花一个，好还债。别人走一步，我走两步，所以升了排长。委屈并挡不住我的努力，我怕失业。一次失业，就多老上三年，不饿死，也憋闷死了。至于努力挡得住失业挡不住，那就难说了。

我想——哼！我又想了！——我既能当上排长，就能当上队长，不又是个希望吗？这回我留了神，看人家怎作，我也怎作。人家要私钱，我也要，我别再为良心而坏了事；良心在这年月并不值钱。假若我在队上混个队长，连公带私，有几年的工夫，我不是又可以剩下个棺材本儿吗？我简直的没了大志向，只求腿脚能动便去劳动；多咱动不了窝，好，能有个棺材把我装上，不至于教野狗们把我嚼了。我一眼看着天，一眼看着地。我对得起天，再求我能静静的躺在地下。并非我倚老卖老，我才五十来岁；不过，过去的努力既是那么白干一场，我怎能不把眼睛放低一些，只看着我将来的坟头呢！我心里是这么想，我的志愿既这么小，难道老天爷还不睁开点眼吗？

　　来家信，说我得了孙子。我要说我不喜欢，那简直不近人情。可是，我也必得说出来：喜欢完了，我心里凉了那么一下，不由的自言自语的嘀咕："哼！又来个小巡警吧！"一个作祖父的，按说，哪有给孙子说丧气话的，可是谁要是看过我前边所说的一大片，大概谁也会原谅我吧？有钱人家的儿女是希望，没钱人家的儿女是累赘；自己的肚中空虚，还能顾得子孙万代，和什么"忠厚传家久，诗书继世长"吗？

　　我的小烟袋锅儿里又有了烟叶，叼着烟袋，我咂摸着将来的事儿。有了孙子，我的责任还不止于剩个棺材本儿了；儿子还是三等警，怎能养家呢？我不管他们夫妇，还不管孙子吗？这教我心中忽然非常的乱，自己一年比一年的老，而家中的嘴越来越多，哪个嘴不得用窝窝头填上呢！我深深的打了几个嗝儿，胸中仿佛横着一口气。算了吧，我还是少思索吧，没头儿，说不尽！个人的寿数是有限的，困难可是世袭的呢！子子孙孙，万年永实用，窝窝头！

　　风雨要是都按着天气预测那么来，就无所谓狂风暴雨了。困难若是都按着咱们心中所思虑的一步一步慢慢的来，也就没有把人急疯了这一说了。我正盘算着孙子的事儿，我的儿子死了！

　　他还并没死在家里呀！我还得去运灵。

福海，自从成家以后，很知道要强。虽然他的本事有限，可是他懂得了怎样尽自己的力量去作事。我到盐务缉私队上来的时候，他很愿意和我一同来，相信在外边可以多一些发展的机会。我拦住了他，因为怕事情不稳，一下子再教父子同时失业，如何得了。可是，我前脚离开了家，他紧随着也上了威海卫。他在那里多挣两块钱。独自在外，多挣两块就和不多挣一样，可是穷人想要强，就往往只看见了钱，而不多合计合计。到那里，他就病了；舍不得吃药。及至他躺下了，药可也就没了用。

把灵运回来，我手中连一个钱也没有了。儿媳妇成了年轻的寡妇，带着个吃奶的小孩，我怎么办呢？我没法再出外去作事，在家乡我又连个三等巡警也当不上，我才五十岁，已走到了绝路。我羡慕福海，早早的死了，一闭眼三不知；假若他活到我这个岁数，至好也不过和我一样，多一半许不如我呢！儿媳妇哭，哭得死去活来，我没有泪，哭不出来，我只能满屋里打转，偶尔的冷笑一声。

以前的力气都白卖了。现在我还得拿出全套的本事，去给小孩子找点粥吃。我去看守空房；我去帮着人家卖菜；我去作泥水匠的小工子活；我去给人家搬家……除了拉洋车，我什么都作过了。无论作什么，我还都卖着最大的力气，留着十分的小心。五十多了，我出的是二十岁的小伙子的力气，肚子里可是只有点稀粥与窝窝头，身上到冬天没有一件厚实的棉袄，我不求人白给点什么，还讲仗着力气与本事挣饭吃，豪横了一辈子，到死我还不能输这口气。时常我挨一天的饿，时常我没有煤上火，时常我找不到一撮儿烟叶，可是我决不说什么；我给公家卖过力气了，我对得住一切的人，我心里没毛病，还说什么呢？我等着饿死，死后必定没有棺材，儿媳妇和孙子也得跟着饿死，那只好就这样吧！谁教我是巡警呢！我的眼前时常发黑，我仿佛已摸到了死，哼！我还笑，笑我这一辈的聪明本事，笑这出奇不公平的世界，希望等我笑到末一声，这世界就换个样儿吧！

老字号

钱掌柜走后，辛德治——三合祥的大徒弟，现在很拿点事——好几天没正经吃饭。钱掌柜是绸缎行公认的老手，正如三合祥是公认的老字号。辛德治是钱掌柜手下教练出来的人。可是他并不专因私人的感情而这样难过，也不是自己有什么野心。他说不上来为什么这样怕，好像钱掌柜带走了一些永难恢复的东西。

周掌柜到任。辛德治明白了，他的恐怖不是虚的；"难过"几乎要改成咒骂了。周掌柜是个"野鸡"，三合祥——多少年的老字号！——要满街拉客了！辛德治的嘴撇得像个煮破了的饺子。老手，老字号，老规矩——都随着钱掌柜的走了，或者永远不再回来。钱掌柜，那样正直，那样规矩，把买卖作赔了。东家不管别的，只求年底下多分红。

多少年了，三合祥是永远那么官样大气：金匾黑字，绿装修，黑柜蓝布围子，大机凳包着蓝呢子套，茶几上永远放着鲜花。多少年了，三合祥除了在灯节才挂上四只宫灯，垂着大红穗子没有任何不合规矩的胡闹八光。多少年了，三合祥没打过价钱，抹过零儿，或是贴张广告，或者减价半月；三合祥卖的是字号。多少年了，柜上没有吸烟卷的，没有大声说话的；有点响声只是老掌柜的咕噜水烟与咳嗽。

这些，还有许许多多可宝贵的老气度，老规矩，由周掌柜一进门，辛德治看出来，全要完！周掌柜的眼睛就不规矩，他不低着眼皮，而是满世界扫，好像找贼呢。人家钱掌柜，老坐在大机凳上合着眼，可是哪个伙计出错了口气，他也晓得。

果然，周掌柜——来了还没有两天——要把三合祥改成蹦蹦戏的棚子：门前扎起血丝胡拉的一座彩牌，"大减价"每个字有五尺见方，两盏煤气灯，把人们照得脸上发绿。这还不够，门口一档子洋鼓洋号，从天亮吹到三更；四个徒弟，都戴上红帽子，在门口，在马路上,见人就给传单。这还不够,他派定两个徒弟专管给客人送烟递茶,哪怕是买半尺白布,也往后柜让,也递香烟:大兵、清道夫、女招待,都烧着烟卷,把屋里烧得像个佛堂。这还不够,买一尺还饶上一尺,还赠送洋娃娃,伙计们还要和客人随便说笑;客人要买的,假如柜上没有,不告诉人家没有,而拿出别种东西硬叫人家看;买过十元钱的东西,还打发徒弟送了去,柜上买了两辆一走三歪的自行车!

辛德治要找个地方哭一大场去!在柜上十五六年了,没想到过——更不用说见过了——三合祥会落到这步天地!怎么见人呢?合街上有谁不敬重三合祥的?伙计们晚上出来,提着三合祥的大灯笼,连巡警们都另眼看待。那年兵变,三合祥虽然也被抢一空,可是没像左右的铺户那样连门板和"言无二价"的牌子都被摘了走——三合祥的金匾有种尊严!他到城里已经二十来年了,其中的十五六年是在三合祥,三合祥是他第二家庭,他的说话、咳嗽与蓝布大衫的样式,全是三合祥给他的。他因三合祥、也为三合祥而骄傲。他给铺子去索债,都被人请进去喝碗茶;三合祥虽是个买卖,可是和照顾主儿们似乎是朋友。钱掌柜是常给照顾主儿行红白人情的。三合祥是"君子之风"的买卖:门凳上常坐着附近最体面的人;遇到街上有热闹的时候,照顾主儿的女眷们到这里向老掌柜借个座儿。这个光荣的历史,是长在辛德治的心里的。可是现在?

辛德治也并不是不晓得,年头是变了。拿三合祥的左右铺户说,多少家已经把老规矩舍弃,而那些新开的更是提不得的,因为根本就没有过规矩。他知道这个。可是因此他更爱三合祥,更替它骄傲。假如三合祥也下了桥,世界就没了!哼,现在三合祥和别人家一样了,假如不是更坏!

老字号 ‖ 茶馆·柳家大院
Tea House & Liu Family Courtyard

他最恨的是对门那家正香村：掌柜的趿拉着鞋，叼着烟卷，镶着金门牙。老板娘背着抱着，好像兜儿里还带着，几个男女小孩，成天出来进去，进去出来，唧唧喳喳，不知喊些什么。老板和老板娘吵架也在柜上，打孩子，给孩子吃奶，也在柜上。摸不清他们是作买卖呢，还是干什么玩呢，只有老板娘的胸口老在柜前陈列着是件无可疑的事儿。那群伙计，不知是从哪儿找来的，全穿着破鞋，可是衣服多半是绸缎的。有的贴着太阳膏，有的头发梳得像漆杓，有的戴着金丝眼镜。再说那份儿厌气：一年到头老是大减价，老悬着煤气灯，老转动着留声机。买过两元钱的东西，老板便亲自让客人吃块酥糖；不吃，他能往人家嘴里送！什么东西也没有一定的价钱，洋钱也没有一定的行市。辛德治永远不正眼看"正香村"那三个字，也永不到那边买点东西。他想不到世上会有这样的买卖，而且和三合祥正对门！

更奇怪的，正香村发财，而三合祥一天比一天衰微。他不明白这是什么道理。难道买卖必定得不按着规矩作才行吗？果然如此，何必学徒呢？是个人就可以作生意了！不能是这样，不能；三合祥到底是不会那样的！谁知道竟自来了个周掌柜，三合祥的与正香村的煤气灯把街道照青了一大截，它们是一对儿？！三合祥与正香村成了一对？！这莫非是作梦么？不是梦，辛德治也得按着周掌柜的办法走。他得和客人瞎扯，他得让人吸烟，他得把人诳到后柜，他得拿着假货当真货卖，他得等客人争竞才多放二寸，他得用手术量布——手指一捻就抽回来一块！他不能受这个！

可是多数的伙计似乎愿意这么作。有个女客进来，他们恨不能把她围上，恨不能把全铺子的东西都搬来给她瞧，等她买完——哪怕是买了二尺搪布——他们恨不能把她送回家去。周掌柜喜爱这个，他愿意伙计们折跟头、打把式,更好是能在空中飞。

周掌柜和正香村的老板成了好朋友。有时候还凑上天成的人们打打"麻将"。天成也是本街上的绸缎店,开张也有四五年了,可是钱掌柜就始终没招呼过他们。天成故意和三合祥打对仗,并且吹出风来,非把三合祥顶趴下不可。钱掌柜一声也不出,只偶尔说一句:咱们作的是字号。天成一年倒有三百六十五天是纪念日,大减价。现在天成的人们也过来打牌了。辛德治不能答理他们。他有点空闲,便坐在柜里发楞,面对着货架子——原先架上的布匹都用白布包着,现在用整幅的通天扯地地作装饰,看着都眼晕,那么花红柳绿的!三合祥已经完了,他心里说。

但是,过了一节,他不能不佩服周掌柜了。节下报账,虽然没赚什么,可是没赔。周掌柜笑着给大家解释:"你们得记住,这是我的头一节呀!我还有好些没施展出来的本事呢。还有一层,扎牌楼,赁煤气灯……哪个不花钱呢?所以呀!"他到说上劲来的时节总这么"所以呀"一下。"日后无须扎牌楼了,咱会用更新的,更省钱的办法,那可就有了赚头,所以呀!"辛德治看出来,钱掌柜是回不来了;世界的确是变了。周掌柜和天成、正香村的人们说得来,他们都是发财的。

过了节,检查日货嚷嚷动了。周掌柜疯了似的上东洋货。检查队已经出动,周掌柜把东洋货全摆在大面上,而且下了命令:"进来买主,先拿日本布;别处不敢卖,咱们正好作一批生意。看见乡下人,明说这是东洋布,他们认这个;对城里的人,说德国货。"

检查队到了。周掌柜脸上要笑出几个蝴蝶儿来,让吸烟,让喝茶。"三合祥,冲这三个字,不是卖东洋货的地方,所以呀!诸位看吧!门口那些有德国布,也有土布;内柜都是国货绸缎,小号在南方有联号,自办自运。"

大家疑心那些花布。周掌柜笑了:"张福来,把后边剩下的那匹东洋布拿来。"

布拿来了。他扯住检查队的队长:"先生,不屈心,只剩下这么一匹东洋布,跟先生穿的这件大衫一样的材料,所以呀!"他回过头来,"福来,把这匹料子扔到街上去!"

队长看着自己的大衫,头也没抬,便走出去了。

这批随时可以变成德国货、国货、英国货的日本布赚了一大笔钱。有识货的人,当着周掌柜的面,把布扔在地上,周掌柜会笑着命令徒弟:"拿真正西洋货去,难道就看不出先生是懂眼的人吗?"然后对买主:"什么人要什么货,白给你这个,你也不要,所以呀!"于是又作了一号买卖。客人临走,好像怪舍不得周掌柜。辛德治看透了,作买卖打算要赚钱的话,得会变戏法、说相声。周掌柜是个人物。可是辛德治不想再在这儿干,他越佩服周掌柜,心里越难过。他的饭由脊梁骨下去。打算睡得安稳一些，他得离开这样的三合祥。

可是，没等到他在别处找好位置，周掌柜上天成领东去了。天成需要这样的人，而周掌柜也愿意去，因为三合祥的老规矩太深了，仿佛是长了根，他不能充分施展他的才能。

辛德治送出周掌柜去，好像是送走了一块心病。

对于东家们，辛德治以十五六年老伙计的资格，是可以说几句话的，虽然不一定发生什么效力。他知道哪些位东家是更老派一些，他知道怎样打动他们。他去给钱掌柜运动，也托出钱掌柜的老朋友们来帮忙。他不说钱掌柜的一切都好，而是说钱与周二位各有所长，应当折中一下，不能死守旧法，也别改变的太过火。老字号是值得保存的，新办法也得学着用。字号与利益两顾着——他知道这必能打动了东家们。

他心里，可是，另有个主意。钱掌柜回来，一切就都回来，三合祥必定是"老"三合祥，要不然便什么也不是。他想好了：减去煤气灯、洋鼓洋号、广告、传单、烟卷；至必不得已的时候，还可以减人，大概可以省去一大笔开销。况且，不出声而贱卖，尺大而货物地道。难道人们就都是傻子吗？

钱掌柜果然回来了。街上只剩了正香村的煤气灯，三合祥恢复了昔日的肃静，虽然因为欢迎钱掌柜而悬挂上那四个宫灯，垂着大红穗子。

三合祥挂上宫灯那天，天成号门口放了两只骆驼，骆驼身上披满了各色的缎条，驼峰上安着一明一灭的五彩电灯。骆驼的左右辟了抓彩部，一人一毛钱，凑足了十个人就开彩，一毛钱有得一匹摩登绸的希望。天成门外成了庙会，挤不动的人。真有笑嘻嘻夹走一匹摩登绸的嘛！

三合祥的门凳上又罩上蓝呢套,钱掌柜眼皮也不抬,在那里坐着。伙计们安静地坐在柜里,有的轻轻拨弄算盘珠儿,有的徐缓地打着哈欠,辛德治口里不说什么,心中可是着急。半天儿能不进来一个买主。偶尔有人在外边打一眼,似乎是要进来,可是看看金匾,往天成那边走去。有时候已经进来,看了货,因不打价钱,又空手走了。只有几位老主顾,时常来买点东西;可也有时候只和钱掌柜说会儿话,慨叹着年月这样穷,喝两碗茶就走,什么也不买。辛德治喜欢听他们说话,这使他想起昔年的光景,可是他也晓得,昔年的光景,大概不会回来了;这条街只有天成"是"个买卖!

　　过了一节,三合祥非减人不可了。辛德治含着泪和钱掌柜说:"我一人干五个人的活,咱们不怕!"老掌柜也说:"咱们不怕!"辛德治那晚睡得非常香甜,准备次日干五个人的活。

　　可是过了一年,三合祥倒给天成了。

图书在版编目（CIP）数据

茶馆·柳家大院 / 老舍著. — 长春：吉林美术出版社，2015.9（2023.8重印）

（美绘经典系列）

ISBN 978-7-5575-0153-2

Ⅰ.①茶… Ⅱ.①老… Ⅲ.①话剧剧本–中国–现代 ②短篇小说–中国–现代 Ⅳ.①I216.2

中国版本图书馆CIP数据核字(2015)第209431号

美绘经典系列　**茶馆·柳家大院**

作　　者	老　舍
绘　　者	杜　斌
责任编辑	栾　云
开　　本	787mm×1092mm　1/16
印　　张	12
版　　次	2015年9月第1版
印　　次	2023年8月第6次印刷

出　　版	吉林美术出版社
发　　行	吉林美术出版社
地　　址	长春市净月开发区福祉大路5788号
邮政编码	130118
网　　址	www.jlmspress.com
印　　刷	吉林省恒盛印刷有限公司

ISBN 978-7-5575-0153-2　　　定价：42.80元

版权所有　侵权必究